'우리가 정말 알아야 할 우리 고전' 기획 위원

고운기 | 한양대학교 국문학과와 연세대학교 대학원을 졸업했다.
　　　　현재 한양대학교 문화콘텐츠학과 교수이다.
김성재 | 숙명여자대학교 국문학과를 졸업하고 같은 대학원을 수료했다.
　　　　고전을 현대어로 옮기는 일에 관심을 갖고 꾸준히 작업하고 있다.
김 　영 | 연세대학교 국어국문학과와 같은 대학원을 졸업했다.
　　　　현재 인하대학교 국어교육과 교수이다.
김현양 | 연세대학교 국어국문학과와 같은 대학원을 졸업했다.
　　　　현재 명지대학교 방목기초교육대학 교수이다.

우리가 정말 알아야 할 우리 고전
숙향전

초판 1쇄 발행 | 2004년 2월 5일
초판 4쇄 발행 | 2013년 1월 15일

글 | 최기숙
그림 | 이광택
펴낸이 | 조미현

인쇄 | 영프린팅
제책 | 쌍용제책사

펴낸곳 | (주)현암사
등록 | 1951년 12월 24일 · 제10-126호
주소 | 121-839 서울 마포구 서교동 481-12
전화번호 | 365-5051 · 팩스 | 313-2729
전자우편 | editor@hyeonamsa.com
홈페이지 | www.hyeonamsa.com

ISBN 978-89-323-1208-8　03810

우리가 정말 알아야 할 우리 고전

숙향젼

우리가 정말 알아야 할 우리 고전

숙향전

글―최기숙 그림―이광택

ㅎ현암사

우리 고전 읽기의 즐거움

문학 작품은 사회와 삶과 가치관을 총체적으로 담고 있는 문화의 창고이다. 때로는 이야기로, 때로는 노래로, 혹은 다른 형식으로 갖가지 삶의 모습과 다양한 가치를 전해 주며, 읽는 이에게 기쁨과 위안을 주는 것이 문학의 힘이다.

고전 문학 작품은 우선 시기적으로 오래된 작품을 말한다. 그러므로 낡은 이야기일 수 있다. 그러나 그 속에 담긴 가치와 의미는 결코 낡은 것이 아니다. 시대가 바뀌고 독자가 달라져도 고전이라는 이름으로 여전히 많은 사람에게 읽히는 작품 속에는 인간 삶의 본질을 꿰뚫는 근본적인 가치가 담겨 있다. 그것은 시대에 따라 퇴색되거나 민족이 다르다고 하여 외면될 수 있는 일시적이고 지역적인 것이 아니다. 시대와 민족의 벽을 넘어 사람이면 누구나 공감할 수 있는 보편적이고 세계적인 것이다. 그렇기 때문에 우리가 톨스토이나 셰익스피어 작품에서 감동을 느끼고, 심청전을 각색한 오페라가 미국 무대에서 갈채를 받을 수도 있다.

우리 고전은 당연히 우리 민족이 살아온 삶의 궤적을 담고 있다. 그 속에 우리의 지난 역사가 있고 생활이 있고 문화와 가치관이 있다. 타인에게 관대하고 자신에게 엄격한 공동체 의식, 선비 문화 속에 녹아 있던 자연 친화 의식, 강자에게 비굴하지 않고 고난에 굴복하지 않는 당당하고 끈질긴 생명력, 고달픈 삶을 해학으로 풀어내며 서러운 약자에게는 아름다운 결말을 만들어 주는 넉넉함…….

사람과 사람, 사람과 자연의 '어울림'을 중요하게 생각했던 우리의 가치관은 생활 속에 그대로 녹아서 문학 작품에 표현되었다. 우리 고전 문학 작품에는 역사가 기록하지 않은 서민의 일상이 사실적으로 전개되며 우리의 토속 문화와 생활, 언어, 습속이 구체적으로 드러난다. 작품 속 인물들이 사는 방식, 그들이 구사하는 말, 그들의 생활 도구와 의식주 모든 것이 우리의 피 속에 지금도 녹아 흐르고 있음이 분명하지만 우리 의식에서는 이미 잊힌 것들이다.

그것은 분명 우리 것이되 우리에게 낯설다. 고전을 읽음으로써 우리는 일상에서 벗어나 그 낯선 세계를 체험하는 기쁨을 얻게 된다. 몰랐던 것을 새롭게 아는 것이 아니라 잊었던 것을 되찾는 신선함이다. 처음 가는 장소에서 언젠가 본 듯한 느낌을 받을 때의 그 어리둥절한 생소함, 바로 그 신선한 충동을 우리 고전 작품은 우리에게 안겨 준다. 거기에는 일상을 벗어났으되 나의 뿌리를 이탈하지 않았다는 안도감까지 함께 있다. 그것은 남의 나라 고전이 아닌 우리 고전에서만 받을 수 있는 선물이다.

우리 고전을 읽어야 한다는 데는 이미 많은 사람이 공감한다. 고전 읽기를 통해서 내가 한국인임을 자각하고, 한국인이 어떻게 살아 왔으며, 어떻게 살아가야 할지 알게 하는 문화의 힘을 느낄 수 있다.

하지만 고전은 지난 시대의 언어로 쓰인 까닭에 지금 우리가, 우리의 청소년이 읽으려면 지금의 언어로 고쳐 쓰는 작업이 반드시 선행되어야 한다. 우리가 쉽게 접하는 세계의 고전 작품도 그 나라 사람들이 시대마다 새롭게 고쳐 쓰는 작업을 거듭한 결과물이다. 우리는 그런 작업에서 많이 늦은 것이 사실이다. 이제라도 우리 고전을 새롭게 고쳐 쓰는 작업을 할 수 있는 것은 우리의 문화 역량이 여기에 이르렀다는 반증이다.

현재 우리가 겪는 수많은 갈등과 문제를 극복할 해결의 실마리를 고전 속에서 찾을 수 있다고 확신하면서 우리 고전을 지금의 언어로 고쳐 쓰는 작업을 시작한다. 이 작업은 여기에서 멈추지 않고 앞으로도 시대에 맞추어 꾸준히 계속될 것이다. 또 고전을 읽는 데서 끝나지 않을 것이다. 우리 고전은 우리의 독자적 상상력의 원천으로서, 요즘 시대의 화두가 된 '문화 콘텐츠' 의 발판이 되어 새로운 형식, 새로운 작품으로 끝없이 재생산되리라고 믿는다.

'우리가 정말 알아야 할 우리 고전' 을 기획하면서 우리는 다음과 같은 몇 가지 원칙을 세웠다.

먼저 작품 선정에서 한글 · 한문 작품을 가리지 않고, 초 · 중 · 고 교과서에 수록된 작품을 우선하되 새롭게 발굴한 것, 지금의 우리에게도 의미 있고 재미있는 작품을 포함시키기로 하였다.

그와 함께 각 작품의 전공 학자들이 적극적으로 참여하여 판본 선정과 내용 고증에 최대한 정성을 쏟았다. 아울러 원전의 내용과 언어 감각을 훼손하지 않으면서도 글맛을 살리기 위해 윤문 과정을 여러 차례 거쳤다.

마지막으로 시각 효과를 높이기 위해 내용에 맞는 그림을 곁들였다. 그림으로도 전체 작품의 흐름을 알 수 있도록 화가와 필자가 협의하여 그림 내용을 구성했으며, 색다른 그림 구성을 위해 순수 화가와 사진가를 영입하였다.

경험은 지혜로운 스승이다. 지난 시간 속에는 수많은 경험이 농축된 거대한 지혜의 바다가 출렁이고 있다. 고전은 그 바다에 떠 있는 배라고 할 수 있다.
자, 이제 고전이라는 배를 타고 시간 여행을 떠나 보자. 우리의 여행은 과거에서 출발하여 앞으로 미래로 쉼 없이 흘러갈 것이며, 더 넓은 세계에서 더 많은 사람을 만나며 끝없이 또 다른 영역을 개척해 갈 것이다.

2004년 1월
기획 위원

글 읽는 순서

거북이를 구해 준 인연

옛날 중국의 송나라 시절, 남양 땅에 김전이라는 선비가 살았다. 그는 영리하고 재주가 있으며 모습도 아름다웠다. 열여섯 살의 어린 나이에도 문장을 잘 지어 명성이 자자했다. 방방곡곡의 어질고 뛰어난 선비들이 그를 만나러 찾아오는 모습이 마치 흰 구름이 뭉게뭉게 몰려오는 것 같았다.

김전의 아버지는 운수 선생으로 도덕이 높고 재주가 뛰어났다. 황제께서는 운수 선생에게 특별히 태부*와 이부상서*, 안거사마*라는 높은 벼슬을 내리셨다. 그러나 운수 선생은 끝내 벼슬을 사양하고 나오지 않았다. 사람들은 그의 어진 덕을 칭찬했다.

하루는 김전이 술과 과일을 성대하게 갖추어 친구들과 함께 명산대천*으로 유람을 떠났다. 김전은 푸른 나귀 등에 앉아서 시를 읊고, 가끔 탁족*도 하면서 종일토록 놀다가 집으로 돌아오는 길이었다. 반하수 앞을 지나가다가 어부 서너 명이 커다란 거북이를 잡아서 구어 먹으려는 것을 보았다. 김전이 그들에게 다가가 말렸다.

"그 거북이를 보시오. 이마 위에 하늘 천天 자가 써 있고, 발에는 임금 왕王 자가 써 있지 않소? 이와 같은 상서로운 거북이를 죽여서는 안 되오. 제발 죽

* 태부(太傅) | 임금에게 조언을 하는 직책을 맡은 정일품 벼슬.
* 이부상서(吏部尙書) | 이부(吏部, 좋은 글을 가려 뽑고 벼슬을 내리는 일을 맡은 부서)에 속한 최고 벼슬 이름.
* 안거사마(安車駟馬) | 네 필의 말이 끄는 수레를 탈 수 있는 지위로 정중한 예우를 받을 수 있다.
* 명산대천(名山大川) | 이름난 산과 큰 내.
* 탁족(濯足) | 발을 씻는다는 뜻으로 '세족(洗足)'이라고도 한다.

이지 마시오."

어부가 대답했다.

"이 짐승이 비록 비상하다지만, 우리가 날이 저물도록 그물질만 하다가 고기 하나 잡지 못하고 이것만 얻었습니다. 저희를 말리지 마십시오."

김전이 거북이를 바라보니 마치 죽음을 두려워하는 듯 눈물을 흘리고 있었다. 김전은 가져간 술과 안주를 주며 거북이와 바꾸자고 한 뒤 거북이를 놓아주었다. 거북이는 재빨리 물속으로 들어가더니, 고개를 돌려 김전을 여러 번 뒤돌아보고는 바로 사라졌다.

그 이듬해 아름다운 꽃이 피는 사월이 되었다.

김전이 동정호*에 가서 벗들을 만나고 돌아오는 길이었다. 백운교를 겨우 반쯤 건넜을 때, 갑자기 거센 물살이 달려들더니 다리의 앞뒤를 거의 다 무너뜨렸다. 동행한 사람은 모두 다리 아래로 떨어져 죽었다. 김전만이 홀로 남아 무너지는 다리 기둥을 부둥켜안은 채 통곡했다. 그런데 갑자기 물의 기세가 급해지더니, 기둥마저 부러졌다. 김전은 금방이라도 죽을 듯한 위기에 처해 있었다.

바로 그때였다. 갑자기 물속에서 판자 같은 것이 떠올랐다. 김전은 무너지는 기둥을 버리고 판자 위로 뛰어올랐다. 그 판자 같은 것이 물 위에 뜬 채 바다를 헤치며 순식간에 물가에 닿았다. 김전이 정신을 차리고 언덕으로 뛰어내리며 그쪽을 바라보니, 무엇인가 물속에 몸을 감춘 채 머리만 내놓고 있었다. 이마에는 하늘 천 자가 선명하게 써 있었다. 김전이 자신을 구해 준 은혜에 보답하려 하자, 그것이 입에서 안개 같은 것을 토하더니 무지개 같은 것을 펼쳐 놓았다. 김전은 더욱 놀라고 당황하여 그쪽을 향해 수없이 절을 했다.

* 동정호(洞庭湖) | 중국 호남성(湖南省) 북부에 있는 호수.

고개를 들고 보니 무지개는 이미 사라진 뒤였다. 그 앞에는 제비알만한 구슬 두 개가 찬란한 빛을 발하며 놓여 있었다. 구슬 위에는 목숨 수壽 자와 복 복 福 자가 은은하게 아로새겨져 있었다.

김전은 문득 생각했다.

'지난번에 내가 반하수에서 놓아준 거북이가 분명해. 은혜를 갚으려고 나를 구해 주고 이 구슬을 두고 갔나 보구나.'

김전은 물가를 향해 수없이 절을 하고 나서 집으로 돌아왔다.

김전은 스무 살이었는데 가난하여 장가도 못 가고 있었다.

한편 영천 땅에는 장회라는 사람이 살았다. 장회는 공명에 뜻이 없어 벼슬은 하지 않았지만, 대대로 명가의 자손으로서 재물이 넉넉했다. 그에게는 아들이 없고 딸이 하나 있는데, 인물이 빼어나고 효성이 지극했다. 그는 딸을 위해 좋은 배필을 구해 주려 하였다.

장회는 김전이라는 어진 선비가 있다는 소문을 듣고, 곧바로 매파를 보내어 구혼하였다. 가난한 김전은 달리 납폐*할 물건이 없는지라 전에 거북이가 주고 간 구슬 두 개를 보냈다. 이것을 본 장회의 부인이 말했다.

"벼슬이 높은 부잣집 자제들이 우리 딸에게 청혼하려고 구름같이 모여드는데도 구태여 김전만을 허락하시는군요. 그가 납폐로 보낸 것을 보니 얼마나 가난한지 알겠습니다."

장회가 말했다.

"혼사에서 재물이 많고 적음을 거론하는 것은 오랑캐의 도리나 다름없습니다. 비록 그는 가난하지만 우리가 재산이 넉넉한데, 어찌 재물을 탐하겠습니까? 이 세상에서 천만금을 갖기는 쉽다지만, 이 구슬은 나라의 힘으로도 구하기 어려운 아주 귀한 보배입니다."

장회는 즉시 옥을 다루는 장인을 불러들여 구슬로 아름다운 옥지환 한 쌍을 만들게 하여 딸에게 주었다. 장회의 집에서는 좋은 날을 정해 김전을 사위로 맞아들였다. 김전은 누구에게도 비할 수 없을 만큼 아름다운 청년으로, 처신도 지혜로웠다. 김전이 장낭자와 혼인하니 부부간의 애틋한 정과 사랑하는 마음은 산같이 높고 바다같이 깊었다.

* 납폐(納幣) | 혼인할 때 사주단자의 교환이 끝난 뒤 정혼이 이루어진 증거로 신랑 집에서 신부 집으로 보내는 예물. 보통 밤에 푸른 비단과 붉은 비단을 혼서와 함께 함에 넣어 신부 집으로 보낸다. 납채(納采)라고도 한다.

숙향이 태어난 이야기

어느덧 김전이 장회의 딸과 혼인한 지 이십 년이 흘렀다. 그동안 장회 부부는 모두 세상을 떠났다. 김전 부부는 예의를 갖추어 장례를 지내고 살림을 이어받았다.

그들은 부귀로는 천하에 으뜸이었지만, 나이 사십이 되도록 자식 없는 것이 한이었다. 김전 부부는 명산대천을 찾아다니며 자식을 낳게 해 달라고 빌었지만 좀처럼 이루어지지 않았다. 그들은 하루하루를 서러운 마음으로 살아갔다.

어느덧 따뜻한 봄이 찾아와 삼월 보름날이 되었다.

김전 부부가 망월루*에 올라 달구경을 하는데, 갑자기 하늘에서 꽃가지 하나가 내려오더니 장씨 부인 앞에 떨어졌다. 그 꽃을 자세히 들여다보니 배꽃도 아니고 매화도 아닌데, 맑은 향내가 진동했다. 장씨 부인은 매우 이상히 여기며 김전을 불러 그 꽃을 보여 주었다. 그러자 어디선가 갑자기 미친 듯한 바람이 불어오더니 꽃잎이 이리저리 흩어졌다. 김전 부부는 아쉬워했다.

그 날 밤 장씨 부인은 금성이 품 안으로 들어오는 꿈을 꾸었다. 장씨가 꿈에서 깨어나 꿈 말을 전하자 김전이 말했다.

"어제 신비한 꽃이 그대 앞으로 떨어지더니, 오늘 또 이러한 꿈을 꾸었구려. 이는 하늘이 귀한 아이를 점지해 주시려는 징조인가 보오."

과연 그 달부터 장씨 부인에게는 태기가 있었다. 오랫동안 기다린 아기인지라, 김전 부부는 무척 기뻐했다. 장씨 부인은 아기를 가진 뒤 음식을 잘 먹지 못했다. 김전은 이를 안타깝게 여겨 친히 약을 지어와 권했다.

시간이 흘러 기축년* 사월 초파일이 되었다. 어디선가 기이한 향내가 내려와 집안에 진동하더니 오색 구름이 집을 감싸 안았다. 온 집안사람이 놀라서 무슨 일인가 궁금해했다.

바로 그 날 한밤중에 고운 자태의 계집아이 두 명이 옥으로 만든 등에 불을 켜 들고 집으로 들어왔다. 그들이 김전에게 말했다.

"이제 부인께서 오십니다. 그대는 어서 나와 집안을 깨끗이 치우십시오."

말을 마친 두 계집아이는 장씨 부인의 방으로 들어갔다. 김전은 무슨 일인지 알지 못한 채 밖으로 나와 집 안팎을 깨끗이 정돈했다. 어딘가에서 기이한 향내가 은은히 전해 왔다. 김전은 의심이 들어 가만히 창틈으로 엿보았다. 장씨 부인이 아기를 낳은 것이었다. 계집아이들은 향기로운 물로 아기를 씻어 부인 곁에 누이고 밖으로 나갔다. 김전이 뒤따라가 보았지만 벌써 자취를 감추고 없었다. 김전은 이상히 여기면서 잰걸음으로 방 안에 들어갔다. 부인은 아기를 낳은 뒤라 정신을 잃고 누워 있었다. 김전이 부인을 깨우자 마치 잠에서 깨어나듯 일어났다. 김전 부부가 아기를 보니 표정이 맑고 어여쁜 딸이었다. 꽃 같은 얼굴이 비범해 보였다. 방에서는 맑은 향내가 진동했다. 김전 부부는 매우 기뻐하면서 아기 이름을 숙향淑香이라 하고 자字를 월궁선녀月宮仙女라고 지었다.

숙향은 자라나면서 더욱 아름다웠다. 얼굴이 매우 아름다워 꽃도 그 앞에서는 고개를 들지 못했고, 모습이 매우 환해 해조차 그 앞에서는 빛을 내지 못하는 듯했다. 숙향을 본 물고기는 그 아름다움에 놀라 물속으로 다시 들어갔고, 하늘을 나는 기러기조차 그 아름다운 자태에 정신이 아찔하여 땅으로

* 망월루(望月樓) | '달을 바라보는 곳'이라는 뜻을 지닌 누각.
* 기축년(己丑年) | 육십갑자의 스물여섯 번째 되는 해. '육십갑자'란 민속에서 십간(十干)과 십이지(十二支)를 순차로 배합하여 육십 가지로 배열한 순서를 말한다.

떨어질 듯 휘청거렸다. 숙향은 외모만 아름다운 것이 아니라 행동거지나 마음 씀씀이가 어린아이답지 않게 성숙했다.

김전 부부는 숙향을 사랑하고 아끼면서도 행여나 수명이 짧을까 염려했다. 그래서 천하에 이름난 관상쟁이인 왕균을 불러 숙향의 관상을 봐달라고 했다. 왕균이 말했다.

"이 아기는 인간 세상의 사람이 아니오라 달 속의 선녀인 월궁항아月宮姮娥의 정기를 타고난 분입니다. 전생에 죄를 지어 인간으로 태어났지만, 이생에서 그 죄를 다 갚은 후에는 행복한 나날을 보내게 될 것입니다. 처음의 운수는 지극히 험난하겠지만, 나중의 운수는 매우 좋을 것입니다."

김전이 말했다.

"나중에 좋고 나쁘다는 것은 지금 알 수 없지만, 우리가 아직은 넉넉하게 잘사는데, 어찌 초년 운수가 좋지 않아 고생한다고 하는가?"

왕균이 큰소리로 웃으며 말했다.

"사람의 팔자는 알 수 없는 법입니다. 제가 비록 재주는 없지만 아기의 사주*와 관상을 보니, 다섯 살에 부모와 이별하여 정처 없이 다니다가, 열다섯 살이 되면 다섯 번이나 죽을 액을 만날 것입니다. 열여섯 살에는 혼인할 것이며, 스무 살이 되어야 부모를 다시 만나 태평하고 영화롭게 지낼 것입니다. 칠십 살이 되면 다시 천상 세계로 올라갈 것입니다."

김전 부부는 그 말을 그대로 믿을 수 없었지만, 마음 한편으로 염려가 되었다. 그래서 숙향의 생월생시와 이름을 금빛 글자로 써서 비단 주머니에 넣고 옷에 채워 주었다.

부모님과 헤어져 죽음의 땅까지

과연 숙향이 다섯 살 되는 해에 세상이 어지러워져서 난리가 일어났다. 적들이 쳐들어온 것이다. 이 일로 백성은 깊은 산속으로 피난을 갔다. 김전도 식구들을 데리고 강릉으로 피난을 가다가 적들을 만나 행장과 종들을 다 잃었다. 김전은 부인과 함께 숙향을 업고 죽을 힘을 내어 달아났다. 적들이 점점 가까워 오는데 힘이 다 빠져 더는 달아날 수 없었다. 김전이 망연자실*하여 부인에게 말했다.

"도적이 저렇게 급히 쫓아오는데 나는 힘이 다 빠졌구려. 우리 둘이 함께 살아 있으면 나중에 숙향과 같은 자식을 다시 낳을 수 있겠지만, 둘 다 죽는다면 누가 우리의 신체라도 거두어 주겠소? 우리 부모님의 제사는 누가 받들겠소? 비록 사람 된 도리로서 할 수 없는 일이고 저 아이의 처지가 가엾고 불쌍하지만, 하는 수 없겠소. 숙향을 이곳에 두고 잠시 피해 있다가 적들이 지나가거든 다시 와서 데려갑시다."

이 말을 들은 장씨 부인이 슬피 울면서 말했다.

"저는 죽더라도 숙향과 같이 있겠어요. 낭군께서는 우리를 생각하지 마시고 먼저 난리를 피해 계시다가 나중에 돌아오시어 우리 모녀의 해골이나 갈무리해 주세요."

* 사주(四柱) | 사람이 태어난 연월일시의 네 간지(干支)나 이에 근거하여 사람의 길흉화복을 알아보는 점.
* 망연자실(茫然自失) | 멍하니 정신을 잃음.

이 말을 들은 김전이 대성통곡하며 말했다.

"내 어찌 그대를 버리고 혼자서 살아남기를 꾀하겠소? 차라리 같이 죽어 혼백이나마 서로 떠나지 않도록 합시다."

말을 마친 김전은 그 자리에 주저앉아 일어나지 않았다. 장씨 부인이 울면서 말했다.

"낭군님의 말씀이 그르십니다. 남자가 되어 어찌 우리 같은 처자를 다시 만나지 못하겠습니까? 천금같이 귀하신 몸으로 어찌 보잘것없는 아녀자 때문에 죽으려 하세요? 제발 빨리 피하세요."

김전은 괴로움에 머리를 흩뜨리면서 울었다. 부인에게 차라리 함께 죽자고 하자 장씨 부인이 울면서 말했다.

"낭군께서 이렇게 고집하시니 어쩔 수 없습니다. 숙향을 잠시 이곳에 두고 먼저 피난하도록 합시다."

장씨 부인은 숙향을 바위틈에 앉혀 옥지환 한 짝을 옷고름에 채워 주고 그릇에 한가득 음식을 담아 주었다.

"너는 잠시 이곳에 있거라. 배가 고프면 이 밥을 먹고 목이 마르면 저 물을 마시렴. 내일 우리가 와서 꼭 데려가마."

말을 마친 장씨 부인은 숙향과 얼굴을 대고 슬피 울면서 차마 떠나지 못했다. 숙향은 어머니의 치마를 잡고 슬피 울었다.

"어머니, 저를 버리고 어디로 가세요? 저도 함께 데려가 주세요!"

숙향이 어머니를 따라가려고 발걸음을 옮기니, 그 가련한 모습은 귀신도 감동할 듯하며 해조차 빛을 잃을 것만 같았다.

김전 부부는 가슴이 미어질 듯 아파서 울음 섞인 목소리로 말했다.

"내 딸아! 울지 말고 가만히 앉아 있거라. 소리를 내면 도적이 알고 와서 죽이느니라."

이십

말을 마치고 뒤돌아보니 도적이 벌써 가까이 오고 있었다. 김전은 마음이 무겁고 슬펐지만, 도적이 다가오자 당황스러웠다. 그래서 부인의 손을 잡고 산속으로 달아나기 시작했다. 숙향은 더 큰소리로 울면서 외쳤다.

"어머니! 왜 저를 버리고 가세요? 부디 내일은 꼭 오셔서 저를 데려가 주세요!"

숙향이 가만히 선 채로 슬피 울자, 흘러가는 구름도 슬픔을 아는 듯 해조차 근심을 헤아리는 듯 하늘빛이 침통했다.

김전 부부가 달아나면서 숙향의 애원 소리를 들으니, 간장이 끊어지고* 가슴이 막혔다. 눈물이 흘러 넘쳐 앞을 가리니 제대로 걷지도 못할 지경이었다.

뒤따라온 도적들이 숙향의 앞에 이르러 다그치듯 물었다.

"네 부모가 어디로 갔는지 똑바로 이르거라! 말하지 않으면 죽여 버리겠다!"

숙향은 두려움에 떨면서 울음 섞인 목소리로 말했다.

"우리 부모님이 저를 버리고 달아나셨어요. 어디로 가셨는지 몰라요."

이 말을 들은 도적은 화가 나서 숙향을 죽이려고 했으나 그 중 한 사람이 숙향을 불쌍히 여겨 그를 말렸다.

"제 부모가 버리고 간데다가 어린것이 배가 고파 우는데 무슨 죄가 있다고 죽이려는가? 내가 아이의 관상을 보니 나중에 귀하게 될 듯하네. 제발 죽이지 말게. 하지만 이곳에 그냥 두면 이리나 호랑이의 밥이 되겠으니, 이를 어찌할꼬?"

그 도적은 숙향을 가엾게 여겨, 가다가 이웃 마을에 내려 주었다.

"내게도 너 같은 자식이 있어서 그런지 너를 보니 불쌍하고 가여운 생각이 드는구나. 네 부모가 너를 버리고 갔으니 오죽이나 슬퍼하겠느냐?"

도적은 말을 마친 뒤 제 갈 길로 떠났다.

혼자 남은 숙향은 어디로 가야 할지 모른 채, "어머니! 어머니!"만 외치며 울었다. 이 모습을 본 사람들은 모두 불쌍히 여기며 눈물을 흘렸다.

날이 저물자 인적조차 끊어졌다. 숙향은 배도 고픈데다가 어디로 가야 할지 알지 못하여 덤불 밑에 앉아 "어머니! 어머니!"만 부르며 울고 있었다.

그때 어디선가 잔나비* 한 마리가 다가와 삶은 고기 한 덩어리를 물어다 주었다. 숙향이 그것을 받아먹자 배가 불렀다.

이때는 가을, 음력으로 구월이었다. 밤이 되자 찬바람이 불었다. 숙향은 발이 시려워 두 손으로 발을 붙들고 울었다.

어디선가 황새 여남은 마리가 날아오더니 날개로 숙향의 몸을 덮어 주었다. 숙향은 이제 춥지 않았다. 날이 밝자 다시 눈물이 났다. 숙향은 부모님이 데리러 오기만을 기다리며 울었다.

그러자 어디선가 까치 한 마리가 날아오더니 숙향의 무릎 위에 앉았다. 까치가 몇 번 울다가 다시 날아오르며 앞에서 왔다 갔다 하는 모습이 마치 따라오라는 것 같았다. 숙향은 눈물을 흘리며 그 까치를 따라 길을 떠났다. 몇 개의 산봉우리를 넘어가자 커다란 마을이 나왔다. 숙향은 마을 안으로 가면서 슬픈 목소리로 부모님을 불렀다. 이 모습을 본 사람들은 모두 숙향을 불쌍히 여기며 말했다.

"저 애가 분명 난리중에 부모를 잃은 게로구나."

지나는 사람들은 숙향을 가엾게 여겨 음식을 주었다. 그 중 몇몇은 숙향의 남다른 모습이 마음에 들어 집으로 데려가고 싶어했다. 하지만 그들도 피난 중인지라 여기저기 분주하게 헤매는 처지였으므로 정작 데려가지는 못했다.

* 간장을 끓다 | 몹시 슬프고 애달프다. '간장(肝腸)'은 '간과 창자'를 뜻하는 말로, '마음'을 비유한다.
* 잔나비 | 원숭이.

그즈음 김전은 장씨 부인과 산속 깊숙한 곳에 숨어 있다가 밤이 되기만을 기다렸다. 어두운 밤이 되자 김전은 혼자 산에서 내려와 숙향을 찾았다. 하지만 숙향의 종적을 찾을 길이 없었다. 김전은 숙향이 죽은 것은 아닐까 생각했다. 그러자 마음이 괴롭고 비참한 생각이 들었다. 김전은 슬프게 통곡하면서 장씨 부인이 있는 곳으로 돌아왔다.

김전이 장씨 부인에게 이 사연을 전하니, 장씨 부인은 슬픔에 가슴이 막혀 그만 정신을 잃었다. 김전이 부인을 위로했다.

"숙향이 아직 어리니 멀리 가지 못했을 게요. 아마 누군가 데려가지 않았나 싶소. 전에 왕균이 예언한 말이 들어맞는 듯하니 너무 서러워 마오."

장씨 부인이 대성통곡하면서 말했다.

"그 애가 말하고 행동하던 모습이 눈앞에 생생한데, 어찌 설움을 참을 수 있겠습니까?"

이후로 장씨 부인이 밤낮으로 울기만 하니 눈에서 피가 날 정도였다.

이때 숙향을 도와주던 마을 사람들이 다 떠나고 까치마저 사라지자, 숙향은 밀려오는 슬픔을 참을 수 없었다. 숙향은 눈물을 흘리며 이리저리 헤매다가 눈길을 돌려 저 멀리 바라보았다. 산 위에서 사람들이 지나다니는 것이 보였다. 그곳에 인가가 있겠다고 여기고 그쪽을 향해 걸었다. 가는 길에 산은 첩첩이 있고 물은 쉬지 않고 흐르는데, 날아가는 새도 잠잘 곳을 찾아 이리저리 숲 속을 배회하고 있었다. 그 모습을 바라본 숙향은 아무 데도 갈 곳 없는 자신의 처지가 생각나 저절로 쓸쓸한 마음에 사무쳤다. 숙향은 어디로 가야 할지 알 수 없어 그 자리에 주저앉아 울고 있었다.

그때였다. 어디선가 파랑새 한 마리가 꽃봉오리를 입에 물고 날아오더니 숙향의 손등에 앉았다. 배고픔을 견디지 못한 숙향은 그 꽃봉오리를 먹었다. 그러자 갑자기 눈이 맑아지고 배고픔이 사라지는 듯했다. 정신도 새로워지고 몸에서는 마치 향기가 진동하는 듯했다. 숙향이 자리에서 일어나 그 새를 따라 두어 고개를 넘으니 산골짜기 속에서 어떤 궁궐이 보였다. 그 새가 큰 문으로 들어가기에 숙향도 새를 따라 들어갔다. 어떤 계집아이 하나가 숙향을 마중 나오듯 나타났다. 계집아이는 숙향을 데리고 궁궐 안의 커다란 전각으로 들어갔다.

전각 안에는 머리에 화관*을 쓴 부인이 황금빛 의자에 앉아 있었다. 그 부인은 숙향을 보더니 반갑게 맞으며, 동쪽에 있는 백옥 의자에 앉으라고 권했다. 숙향은 어떻게 해야 할지 몰라서 울고만 있었다. 부인이 입을 열었다.

"선녀께서는 인간 세상에 내려와 더러운 물을 많이 드셨기에, 정신이 바뀌어 전생의 일을 모르시나 봅니다."

부인은 선녀를 불러 숙향에게 신선이 마시는 신비의 물인 경액瓊液을 드리라고 명했다. 선녀는 호박* 쟁반 위에 자줏빛 마노 보석으로 만든 잔을 올려 이슬 같은 것을 부어 숙향에게 권했다. 이것을 마시니 향기가 그윽했는데, 그 맛은 마치 어릴 적 먹던 어머니의 젖과 비슷했다. 경액을 다 마시자 문득 천상에서 지내던 전생의 기억이 되살아났다. 그리고 인간 세상으로 내려와 부모를 잃고 헤매며 고생하던 일들을 점점 잊게 되었다. 몸은 비록 어린아이였지만 마음은 어른과 다름없었다. 숙향은 곧바로 자리에서 일어나 부인께 감사의 뜻을 전했다.

"저는 천상에서 죄를 짓고 인간 세상으로 내려와 고생스럽게 다녔습니다만, 이토록 저를 가엾게 여기시어 잘 대접해 주시니 감격스럽습니다."

부인이 웃음을 띠고 말했다.

* 화관(花冠) | 아름답게 장식한 관이나 칠보로 꾸민 여자의 관.
* 호박(琥珀) | 투명하고 광택이 나는 노란색 보석.

"선녀께서는 저를 알아보시겠습니까?"

"인간 세상으로 내려와 사는 동안 정신이 바뀌었사오니, 자세히 알지는 못하옵니다."

"이 땅은 명사계*이며, 저는 땅의 신령, 후토 부인后土夫人입니다. 선녀께서 인간 세상으로 내려가 고생을 하시기에 지난번 제가 잔나비와 황새를 보내 드렸습니다. 이번에는 파랑새를 보내 드렸는데 혹시 만나셨습니까?"

이 말을 들은 숙향은 다시 일어나 감사의 인사를 드렸다.

"모두 만났습니다. 부인께서 베푸신 은혜는 하늘과 같사오니 갚을 길이 없사옵니다. 앞으로 부인을 곁에서 모시는 시녀가 되어 그 은혜의 만분의 일이나 갚을까 하옵니다."

후토 부인이 정색을 하고 말했다.

"저는 지하 세계의 조그마한 신령이요, 그대는 달나라 월궁의 으뜸 선녀입니다. 비록 인간 세상으로 내려와 잠시 고생을 하시지만, 어찌 그런 말씀을 하십니까? 선녀께서는 앞으로 가실 곳이 머옵니다. 그동안 고생을 많이 하실 터이니, 오늘은 이만 쉬시고 내일 가십시오."

후토 부인은 말을 마치고 숙향을 위해 잔치를 벌였다. 음식과 그릇이며 방석이나 장식품들은 지극히 화려했다. 부인은 숙향에게 자주 경액을 권했다. 숙향이 그것을 마시자 정신이 점점 새로워져서 인간 세상에서의 일을 모두 잊은 채 천상에서의 일만 생각하게 되었다.

숙향이 부인에게 물었다.

"제가 전에 들으니 명사계에는 그곳을 다스리는 왕이 열 분 계신다고 합니다. 정말로 그러한지요?"

"그렇습니다."

"그렇다면 시왕전*은 어디인지요?"

"여기서 멀지 않습니다."

"인간 세상에서의 제 부모님께서 혹시 난리중에 돌아가셨다면, 지금은 시왕전에 계실 것입니다. 제가 그곳에 간다면 반갑게 만나 볼 수 있겠습니까?"

"그대의 부모는 인간 세상에서 바위처럼 든든하게 살아 계십니다. 원래는 그분들도 인간 세상의 사람이 아니오라 봉래산*에 있던 선관*과 선녀였습니다. 지금은 잠시 인간 세상으로 귀양을 온 것이오니, 기한이 다 찬다면 다시 봉래산으로 갈 것이며, 이곳에는 오지 않을 것입니다."

숙향은 반가운 마음에 다시 물었다.

"제가 인간 세상으로 다시 나간다면 부모님을 만나 뵐 수 있는지요?"

"선녀께서는 천상 세계에 계실 적에 달나라 항아님께 잘못을 저질러 죽을 위기에 처했지요. 그런데 밝은 별 규성*님이 옥황상제님께 잘 말씀드려서 구해 주셨답니다. 그 뒤 규성님도 천상 세계에서 잘못을 저질러 인간 세상으로 내려와 남군 땅 장승상의 부인이 되셨습니다. 선녀께서는 먼저 장승상의 집으로 가서서 십 년 동안 전생의 은혜를 갚으십시오. 그런 연후에 태을선군*을 만나고 부모님도 만나게 될 것입니다. 그러다 보면 자연히 십오 년이 흐를 것입니다."

숙향이 놀라서 물었다.

"인간 세상에서 고생하던 것을 생각하면 하루도 십 년같이 길기만 합니다. 앞으로 그토록 고생을 하게 된다면 차라리 지금 여기서 죽고 싶습니다."

* 명사계(冥司界) | 불교에서 사람이 죽어서 간다고 하는 저승 세계.
* 시왕전(十王殿) | 저승 세계를 다스리는 열 명의 왕인 시왕의 궁전.
* 봉래산(蓬萊山) | 중국 전설 속에 나타나는 신선의 산 중의 하나. 불로초와 불사약이 있다고 한다.
* 선관(仙官) | 선경(仙境)에 있는 관원.
* 규성(奎星) | 하늘에 있는 스물여덟 개의 별 중 하나. 이 별이 밝으면 천하가 태평하다고 한다.
* 태을선군(太乙仙君) | 태을이라는 별을 지키는 선관. 여기서는 숙향의 장래 배필인 이선의 전생을 말한다.

"선녀께서 아무리 죽으려 하여도 마음대로 할 수 없습니다. 선녀께서는 천상에서 무거운 죄를 지었으므로 인간 세상에서 다섯 번의 죽을 액을 지낸 후에야 좋은 시절을 만나실 것입니다. 그리 아소서. 저번에 도적을 만나 죽을 뻔했으니 첫번째 액을 겪으신 셈이고, 이제 명사계를 다녀가시니 두 번째 액을 겪으신 것입니다. 앞으로 세 번의 액이 더 남았습니다. 조심하소서."

숙향이 탄식하여 말했다.

"하늘이 그토록 나를 밉게 여기실까?"

말을 마친 뒤 부인과 숙향은 서로 경액을 권하며 마셨다.

그때 해가 뜨는 부상*에서 새벽을 알리는 닭 울음소리가 들려 왔다. 후토부인이 말했다.

"오늘 선녀님과 나누고 싶은 이야기가 많사오나, 이제 떠나실 때가 다 되었습니다. 더 늦어서는 아니 되오니 평안히 가소서."

숙향이 한숨을 쉬며 말했다.

"인간 세상으로 가는 길은 아득하기만 합니다. 앞으로 저는 어디에 가서 의탁해야 합니까?"

"선녀님께서 가시는 길은 제가 일러드리겠습니다. 먼저 장승상 부인께 의탁하여 전생에서의 은혜를 갚으소서."

"장승상 댁이 여기서 얼마나 되는지요?"

"여기서 천삼백 리나 됩니다만, 그 일은 염려 마소서."

부인이 말을 마치고 일어나더니 금 화분에 심은 나무에서 열매가 달린 나뭇가지를 하나 꺾었다. 부인은 흰 사슴을 부르더니 그 뿔에 나뭇가지를 걸었다. 그리고 숙향에게 이렇게 일렀다.

"이 사슴을 타고 가시면 비록 만 리의 머나 먼 길일지라도 순식간에 갈 것입니다. 가시는 동안 시장하실 것이니, 사슴이 멈추어 서는 곳에 내리셔서 이 열매를 드소서."

숙향은 부인에게 몇 번이나 절하면서 감사의 마음을 표하고는 하직했다. 숙향이 부인이 권해 주는 흰 사슴을 타자, 사슴은 구름을 헤치고서 나는 듯이 달려갔다. 그러나 어디로 가는지 알 수 없었다.

한참을 달려가다 어떤 곳에 다다르자, 사슴이 발길을 멈추더니 숙향을 내려놓았다. 숙향이 사슴에서 내려오자 갑자기 배가 고팠다. 문득 부인의 말이 떠올라 사슴 뿔에 걸려 있는 나무 열매를 먹었다. 배고픔이 씻은 듯 사라졌지만 천상의 일은 아득히 멀어져가는 듯했다. 그러더니 인간 세상에서 고생하던 일만 생각나게 되었다. 숙향은 어린아이의 마음으로 되돌아왔다. 숙향이 뒤를 돌아보자 사슴은 온데간데없었다. 숙향은 다시 혼자가 되어 동산 위에 서 있었다.

---

* 부상(扶桑) | 해가 뜨는 동쪽 바다 속에 있다는 전설 속 나무. 함지(咸池)라고도 한다.

모함을 받고 쫓겨난 설움

달은 서산으로 떨어진 지 오래고, 점차 어슴푸레한 기운이 돌면서 새벽이 다가오고 있었다. 어디선가 차가운 가을바람에 실려 처량한 새소리가 들렸다. 숙향은 갑자기 마음이 슬퍼지고 외로움이 밀려왔다. 홀로 적막한 산속에 있으니 어디로 가야 할지 막막하고, 어떻게 해야 할지 아무런 생각도 나지 않았다. 숙향은 갑자기 피곤이 몰려와 곁에 있는 나무에 기대어 앉아 졸았다.

그런데 이 땅은 다른 곳이 아니라 바로 장승상 댁의 동산이었다.

남군 땅에 살고 있는 장승상은 옛날 한나라를 세운 세 명의 공신 중 하나인 장자방*의 후예로서, 이름은 승이었다. 소년 시절에 과거에 합격하여 명망이 자자했고 높은 벼슬을 많이 하였다. 서른 살도 되기 전에 재상의 지위에 올라 세 분의 임금님을 섬겼으니, 그 부귀는 천하에 으뜸이었다. 나라에서는 그가 세운 공훈을 인정하여 훈국대신이라 불렀다. 그런데 신종 황제 시절에 이르러 그에 대해 좋지 않은 논란이 일어났다. 그는 이를 알고 벼슬에서 물러난 뒤 다시는 나아가지 않았다.

이때 외방에서 여러 도적이 난리를 일으켰다. 장승상이 도적들과 뜻을 같이한다는 소문이 퍼져 황제의 귀에까지 들어갔다. 장승상은 억울하게 모함을 받아 천 리 바깥으로 귀양을 가게 되었다. 그러나 천만다행으로 오래되지 않아 풀려나 고향에 돌아올 수 있었다. 그는 집안을 잘 보살펴 노비도 많이 거느렸고, 논밭도 많이 경작하여 금은보배를 많이 지닌 최고의 부자가 되었다.

하지만 이렇듯 행복해 보이는 장승상에게도 단 하나의 슬픔이 있었다. 그

것은 아들이든 딸이든 자식이 하나도 없다는 점이었다.

그러던 어느 날 장승상과 부인의 꿈에 선녀가 나타나더니 구름 속에서 내려와 계수나무꽃 한 송이를 주면서 말했다.

"그대는 전생의 죄가 무거워 자식을 낳지 못하게 하였느니라. 그대가 서러운 마음으로 지내기에, 이 꽃을 주니 잘 간수하라. 머지않아 좋은 일이 있으리라."

선녀는 말을 마치고 홀연히 사라졌다. 부인이 꿈에서 깨어나 승상에게 꿈 이야기를 했다. 승상은 깜짝 놀라며 말했다.

"과연 나도 부인과 똑같은 꿈을 꾸었소. 우리가 자식이 없어 매일 서러워하는 것을 하늘이 아시고 자식을 점지해 주시는가 보오. 하지만 우리가 이미 반백*이 지났으니 어찌 자식 낳기를 바라겠소?"

승상은 자연히 슬픈 마음이 들어 자기도 모르게 눈물을 흘렸다. 승상이 초당*으로 나오자, 예전에 없는 구름이 동산에 어려 있고 기이한 향내가 진동했다. 승상은 이상한 생각이 들어서 혼잣말을 했다.

'지금은 가을이라 오색 구름이 일어날 때가 아니로다. 나뭇잎이 새로 나고 꽃이 필 때가 아닌데, 기이한 향내가 나다니 이상하도다.'

승상은 대나무 지팡이를 짚고 향기가 나는 동산 쪽으로 올라갔다. 그러자 갑자기 동산의 모란꽃이 새로 피어났다. 여기저기서 꽃잎이 펼쳐지더니 온갖 꽃이 피어나기 시작했다. 그 옆에는 어떤 여자 아이 하나가 앉아서 졸고 있었다. 승상은 너무 놀라서 부인을 불러오려고 급히 시녀를 불렀다. 그 소리에 아이가 놀라 깨어나더니 낯선 사람을 보고는 울음을 터뜨렸다. 승상이 아

* 장자방(張子房) | 소하(蕭何), 한신(韓信)과 함께 중국 전한(前漢)을 세운 세 명의 공신 중 한 사람.
* 반백(半白) | 백의 반, 즉 오십 살을 말한다.
* 초당(草堂) | 집의 본채에서 따로 떨어진 곳에 억새나 짚 따위로 지붕을 인 조그마한 별채.

이에게 다가가 물었다.

"너는 누구냐? 어째서 이토록 깊은 동산에 들어와 고단하게 앉아 있느냐? 네 이름은 무엇이고, 부모님은 어떤 분이시냐?"

"제 이름은 숙향입니다. 부모님의 성함과 사는 곳은 모릅니다. 어머니께서 저를 데려다가 바위틈에 앉히시고는, 내일 와서 데려간다고 하셨는데 끝내 오지 않으셨습니다. 저는 의지할 곳이 없어 길 위에서 헤매다가 어떤 짐승을 만났는데, 그 짐승이 저를 업어다가 이곳에 내려 두고 갔습니다."

승상은 '아마도 난리중에 부모를 잃어버린 아이인 게 분명하다.'고 생각하며 부인을 동산으로 불렀다. 부인이 숙향의 얼굴을 살펴보니, 분명 자신이 꿈에 본 선녀의 모습과 같았다. 부인은 반가운 마음이 들어 승상에게 말했다.

"이 아이는 하늘이 우리에게 내려 주신 자식입니다. 잘 기르십시다."

부인은 손수 숙향을 안고 집으로 내려왔다. 그리고 숙향에게 좋은 음식과 옷을 주면서 친자식처럼 사랑했다.

숙향이 점점 자라나 일곱 살이 되자 모습이 아름다울뿐더러, 배우지 않아도 글을 알 만큼 총명했다. 재주가 많고 뛰어났지만, 그 중에서도 수놓는 솜씨가 으뜸이었다. 부인은 숙향을 더욱더 사랑했다.

숙향이 열세 살이 되자 장승상 댁에서는 숙향에게 집안일을 맡겼다. 숙향은 승상 부부를 지성으로 섬기며 모든 노비를 은혜롭고 덕망 있게 부렸다. 노비들도 숙향을 잘 따라 복종하지 않는 이가 없었다. 숙향은 조상님의 제사도 극진하게 받들었는데, 어른일지라도 미치지 못할 만큼 정성스러웠다. 승상 부부는 숙향을 눈여겨보면서, 좋은 집안으로 시집보내어 대를 잇게 하려고 했다.

장승상 댁에는 성품이 매우 간악한 사향이라는 계집종이 있었다. 사향은 숙향이 오기 전까지는 승상 댁의 모든 일을 맡아하며 부유하게 지냈다. 그러나 숙향이 온 뒤 자신이 집안일에서 손을 털고 물러나게 되자, 숙향을 원망했다. 사향은 언제고 숙향을 모해하리라 마음먹었다.

숙향이 열다섯 살이 되자 얼굴은 더욱 맑고 아름다웠으며, 재주와 솜씨도 날마다 늘었다. 부인은 승상과 의논하여 숙향을 어진 가문에 혼인시키려 했다.

삼월 삼일, 따뜻한 봄날 저녁에, 숙향은 승상과 부인을 모시고 영춘당*에 올라가 잔치를 열고 경치를 구경했다. 그때 어디선가 저녁 까치가 날아오더니 숙향의 앞으로 다가와 울고 갔다. 깜짝 놀란 숙향이 부인께 여쭈었다.

"갑자기 불길한 생각이 듭니다. 저에게 이롭지 않은 징조인 듯합니다."

승상도 말했다.

"나 역시 그런 생각이 드는구나."

부인도 염려되어서 더 잔치를 즐길 마음이 없어져 자리를 치우라고 명했다.

이 날 사향은 식구들이 봄 잔치를 즐기는 동안 부인의 침실로 몰래 들어가 금봉채*와 장도*를 훔쳤다. 그리고 몰래 숙향의 방에 들어가 그것들을 숙향의 함에 감추어 두고서 나갔다.

그로부터 사흘이 지났다. 동네 잔치에 초대받은 부인이 금봉채를 하고 가려고 찾아보았으나 아무리 찾아도 보이지 않았다. 당황한 부인이 장롱 안을 이리저리 찾다가 승상의 장도도 없어진 것을 알았다. 부인은 가슴이 철렁 내려앉는 듯했다. 마음이 흔들린 부인은 집안의 모든 종을 불러 모았다. 그리고 종들을 꾸짖으며 없어진 물건에 대해 물었다.

밖에서 동정을 살피는 사향은 아무것도 모르는 척하면서 안으로 들어와 부

---

* 영춘당(迎春堂) | '봄을 맞이하는 당'이라는 뜻을 지닌 당호(堂號).
* 금봉채(金鳳釵) | 머리 쪽에 봉황의 모양을 새긴 큼직한 금비녀.
* 장도(粧刀) | 주머니 속에 넣거나 옷고름에 늘 차고 다니는 칼집이 있는 작은 칼. 칼집과 자루는 금, 은, 밀화(蜜花), 대모(玳瑁), 뿔, 나무 따위로 장식한다.

인께 여쭈었다.

"댁에 무슨 큰일이 있기에 이토록 요란스럽습니까?"

"선왕께서 내려 주신 옥장도와 금봉채는 우리 집의 귀한 보배인데, 아무런 흔적도 없이 사라졌구나. 종들이 몰래 가져간 것이 분명하다."

사향은 가만히 부인 앞으로 다가와 여쭈었다.

"저번에 숙향이 마님의 침방에 들어가 세간을 뒤지더니, 무언가를 감추고 자기 방으로 간 일이 있었습니다. 숙향에게 가서 물어 보십시오."

"숙향은 마음이 깨끗하고 믿을 만한 아이다. 어찌 나 몰래 가져가겠느냐?"

"숙향이 전에는 그러지 않더니, 요사이 제 혼인 말이 나온 뒤로는 살림에 보태려고 그러는지, 종들이 보는 데서 수상한 일을 많이 했사옵니다. 승상과 부인께서 숙향을 극진히 사랑하시기에 저희 종들이 감히 말씀드리지 못했습니다."

부인은 의심이 들어 숙향의 방으로 들어가 물었다.

"내가 요사이 잃어버린 물건이 있어서 그러니 혹시 네 방에 있는지 찾아 보아라."

"제가 가져오지 않았사온데 어찌 제 방에 있겠어요?"

대답을 마친 숙향은 자신의 세간들을 꺼내어 놓았다. 거기서 금봉채와 장도가 나왔다.

부인이 노기를 띤 모습으로 말했다.

"네가 가져가지 않았는데 어찌하여 이것들이 네 함 속에 들어 있단 말이냐?"

부인은 금봉채와 장도를 가지고 바로 승상께 나아가 여쭈었다.

"우리는 숙향을 양반의 자식으로 여겨 친자식같이 길렀는데, 아마도 상인의 자식이었나 봅니다. 행실이 상스러워 우리를 속였습니다. 저의 금봉채와

승상의 장도를 자기 방에 감추어 두고 끝내 속이다가 이제서야 드러났으니, 어찌해야 하오리까?'

이 말을 들은 승상도 크게 놀랐다.

"금봉채는 여자들의 장신구라 젊은 마음에 혹시 갖고 싶어 그랬을지 모르겠구려. 하지만 여자에게 쓸모없는 장도를 가져갔다니 수상합니다. 좀더 생각해 보십시다."

이 말을 들은 사향이 곁에 있다가 여쭈었다.

"요사이 숙향이 예전과는 다르옵니다. 수놓은 것과 글 지은 것을 문 밖의 사람에게 주는 일이 종종 있었습니다. 그뿐만이 아닙니다. 밤이 되면 어떤 사람이 자주 숙향의 방에 드나들던데, 무슨 일인지 모르겠습니다."

승상은 발끈 노하여 말했다.

"제 나이가 다 찼으니 분명 바깥 남자와 사귀는 모양이로다. 숙향을 집안에 더 두면 예상치 못한 변을 볼까 싶으니, 어서 내보내시게."

부인은 이 말을 전하러 숙향의 방으로 들어갔다. 숙향은 머리를 감싼 채 눈물을 흘리느라 옷깃이 다 젖어 있었다. 부인은 숙향을 꾸짖었다.

"우리가 자식이 없어 밤낮으로 서러워하다가 늦게서야 너를 얻어 다행으로 여겼느니라. 네 얼굴이나 행동거지도 범상치 않기에, 우리는 네가 양반의 자식일 거라고만 생각해 왔다. 우리가 너를 곱게 길러 친자식같이 사랑하고, 집안 제사까지 다 맡기지 않았느냐? 요즘엔 좋은 가문에 혼인시켜 대를 잇게 하려고 혼처 자리를 알아보고 있었느니라. 너 역시 우리 마음을 알고 있으리라 믿었다. 우리 집이 비록 천하의 갑부는 아니라 해도, 노비가 수천 명이요, 논과 밭이 천여 석지기나 되며, 금은보화도 수십만 냥이나 되느니라. 이 정도만 해도 네가 일생토록 편히 지낼 수 있지 않느냐? 만약 금봉채와 장도가 갖고 싶다면 나에게 말하지 그랬느냐? 그것이 무엇이 귀하다고 구태여 주지 않겠느냐? 그런데 이상하구나. 금봉채는 여자의 물건이니 네가 탐낸 것이 이해가 간다만, 장도는 여자가 쓰는 물건이 아닌데 도대체 누구를 주려고 가져갔느냐? 우리가 죽은 후면 그것들이 다 누구 차지가 되겠느냐? 나는 너와 정의가 태산 같다지만, 승상께서 저토록 노하셨으니, 이제 어찌하겠느냐? 네가 입던 의복과 사용하던 세간들을 가지고, 잠시 이 근처에 있는 종의 집에 가서 머물러 있거라. 승상께서 분노를 진정하신 뒤에 내 조용히 말씀드리고 데려오마."

말을 마친 부인은 슬픈 마음을 이기지 못하여 눈물을 비 오듯 흘렸다. 숙향은 부인께 거듭 절하며 슬피 울었다.

"저는 전생의 죄가 무거워 다섯 살에 부모님을 여의고 정처 없이 떠돌아다닐 적에 날마다 한숨과 눈물로 지냈습니다. 다행히 하늘이 도우시어 사슴이 저를 업어다 댁의 동산에 내려 주었습니다. 승상과 부인께서는 저를 불쌍히 여기시어 극진히 돌봐 주셨고, 예쁜 옷과 좋은 음식도 주시며 친자식처럼 사랑해 주셨습니다. 저는 평생토록 승상과 부인을 곁에서 모시다가 두 분이 돌아가시면 정성껏 제사를 받들겠다고 다짐했습니다. 설령 제가 죽어 무덤 속의 흙이 되고 지하에 가더라도 승상 내외분을 잘 모셔서 하늘 같은 은혜에 만분의 일이라도 보답할 수 있기를 빌어 왔습니다. 어찌 하늘 같으신 부인을 속여 천벌 받을 일을 하겠습니까? 금봉채는 여자의 물건이라 혹시 제가 가져갔다고 생각하실 수도 있지만, 장도는 제게 당치도 않은 물건입니다. 저로서도 어찌 된 일인지 의심을 거둘 수가 없습니다. 간악한 사람이 저를 모해하려고 꾸민 일이 아니라면 귀신의 소행이 분명합니다. 하지만 백 번 죽더라도 감히 변명할 수가 없습니다. 이제 제가 부인의 눈앞에서 죽는다면, 제 배를 갈라 시신을 네 거리에 걸어 주소서. 혹시라도 왕래하는 사람 중에 저의 억울한 사정을 알아보아 누명을 벗을 수만 있다면, 이 몸이 죽어 지하에 간다 해도 눈을 감을 수 있을 것입니다."

말을 마친 숙향은 하늘을 우러러 슬피 울더니 목숨을 끊으려는 듯한 기색을 보였다.

부인이 숙향의 말투와 얼굴빛을 보니 조금도 안색이 변하지 않을뿐더러, 하늘에 맹세하고 하는 말이 모두가 이치에 맞았다. 부인은 그제서야 누군가 숙향을 모함한 것이 아닐까 하는 의심이 들었다. 부인은 숙향이 죽을까 염려되었다.

"네 말이 옳구나. 이 사정을 승상께 자세히 고하여 분노를 푸시게 할 테니, 너는 조금도 염려 말고 그대로 있거라."

숙향은 그 말씀에 감격하여 눈물을 흘렸다. 숙향이 자리에서 일어나 사례할 때에, 밖에서 기미를 엿본 사향이 안으로 들어오더니 승상의 말씀이라며 거짓으로 전했다.

"숙향의 행실은 예측할 수 없사온데 지금까지 머물러 두시다니 어찌 된 일입니까? 승상께서는 숙향을 어서 빨리 내보내라고 하셨습니다."

부인은 승상에게 미리 고한 것을 후회했다. 부인은 눈물을 흘리며 말했다.

"승상께서 저토록 노하셨으니 화가 풀어질 때까지라도 밖에서 사는 종의 집에 머물러 있거라. 밤이 되면 내가 승상께 조용히 말씀드리고 데리러 오마. 너는 행여라도 죽을 마음을 내지 말고 기다리거라."

숙향이 절하며 말했다.

"부인께서 저 때문에 승상께 꾸중을 듣게 되시니, 제 죄는 만 번 죽는다 해도 갚을 길이 없을 것입니다."

부인은 숙향의 손을 꼭 잡고 울면서 말했다.

"네가 이렇게 난처하게 된 것은 모두 내 잘못이다. 승상께 미리 알린 것이 후회되는구나."

부인은 모든 것이 자기 탓이라며 수없이 한탄을 했다.

사태를 살피는 사향이 다시 오더니 승상의 말씀이라며 부인에게 말했다.

"승상께서는 숙향의 행실이 부정하니, 집안에 두면 장차 가문을 욕되게 할 것이라고 하십니다. 마님께서는 숙향을 빨리 내보내고 곧 들어오시랍니다."

부인은 더욱 슬퍼져 마음을 진정하지 못한 채 눈물만 주르르 흘렸다. 부인은 급향이라는 종을 불러 숙향이 입던 옷과 세간을 모두 내어 주라고 명했다. 말을 마친 부인은 울음을 참지 못하고 통곡을 했다. 곁에서 이 모습을 지켜본 숙향이 말했다.

"저번에 영춘당에서 잔치할 때 저녁 까치가 제 앞에 다가와 세 번 울고 가기에, 아마도 하늘이 저를 밉게 여겨 무슨 변을 내리지 않을까 생각했습니다. 오늘 천만뜻밖에 억울한 누명을 입으니, 아마도 하늘이 저를 죽게 하려는가 봅니다. 구태여 하늘의 뜻을 거스르겠습니까? 비록 의복과 세간은 가져가지 못한다 해도, 친어머니와 헤어질 때 받은 옥지환 한 짝만은 꼭 가지고 가겠습니다. 그래야 죽어서 부모님을 만나더라도 고할 수 있을 것입니다."

말을 마친 숙향은 슬피 울면서 안으로 들어갔다.

이를 본 부인은 착잡한 마음이 들었다. 부인은 바쁜 마음으로 걸음을 재촉해 집으로 돌아와 승상께 여쭈었다.

"잘 생각해 보니 지난번에 금봉채와 장도를 숙향의 방으로 가져가서, 우리 집의 큰 보배라고 자랑한 뒤에 깜빡 잊고서 그냥 두고 온 듯합니다. 그런데 애매하게도 숙향이 훔쳐 갔다고 소동을 일으켜 내치려 했으니, 그런 불쌍한 일이 없습니다. 이 모든 일은 다 저의 착각 탓이오니 승상께서는 용서하소서."

승상이 말했다.

"조금 전에 사향이 오더니 부인이 숙향의 행실을 분하게 여겨 굳이 내치려

하신다기에, 내가 부인의 뜻을 받아들여 빨리 내치라고 하였습니다. 그런데 이 무슨 말씀이시오? 내 뜻도 그러하오니 부인 마음대로 하시오."

이 말을 들은 부인은 크게 기뻐하여 즉시 숙향에게 가서 알려 주려 하였다. 그러자 승상이 부인을 붙잡으며 말했다.

"어젯밤 꿈에 내가 홍도화 가지를 꺾는데, 그 가운데에 있는 앵무새가 놀라서 날아갔습니다. 이 무슨 징조인지 오늘은 날이 저물도록 무엇인가 잃어버린 듯 마음이 허전하고 불안합니다. 부인께서는 좋은 술을 가져와 위로해 주시오."

부인은 시비를 불러 술상을 차려오게 하여 승상께 드렸다.

창 밖에서 기미를 살핀 사향은 부인의 말을 듣고서 얼른 숙향의 방으로 들어갔다.

"승상께서 자네를 여태까지 두었다고 크게 노하시어 부인을 꾸짖으셨다네. 나보고 자네를 데리고 나가서 멀리 멀리 쫓아 보내라고 하셨네. 이 근처에는 절대로 두지 말라고 하셨으니 빨리 가게, 빨리 가!"

사향은 숙향을 심하게 구박하며 말했다.

"좋은 음식과 예쁜 옷에 싸여 호강하며 지내더니 그런 복이 다시는 없을 텐데, 어째서 이런 뜻밖의 일을 저질러 하늘 같은 마님께서 꾸중을 듣게 했는가? 빨리 나오게, 빨리 나와!"

사향이 자꾸 재촉하자 숙향은 슬피 울면서 말했다.

"부인께서 다시 오시거든 하직이나 하고 가겠어."

그러자 사향이 숙향을 꾸짖으며 말했다.

"무슨 면목으로 부인을 다시 뵈려느냐? 부인께서도 꾸중을 들으신 뒤 더욱 노하여 침소에 그대로 앉아 계신다. 이리로 오실 리가 없지 않니? 어서 빨리 나가라! 만일 더디 움직이면, 나까지 죄를 입을 테니 어서 나가라, 어서 나가!"

사향은 재빨리 숙향의 손목을 끌어냈다. 숙향은 마음이 무너지는 듯 처참한 심경이 되었다. 부인을 보지 못하고 떠나려니 마음이 아파 눈물이 뚝뚝 흘렀다. 숙향은 사향에게 조금만 시간을 달라고 사정하고 방으로 들어갔다. 손가락을 깨물어 흐르는 피로 이별의 시를 적어 창문 앞에 놓아두었다. 사향은 울고 있는 숙향의 등을 밀면서 어서어서 나가라고 재촉했다. 사향이 구박하며 재촉하는 바람에 숙향은 부리던 종들도 다시 보지 못한 채 대문 밖으로 나왔다. 사향이 문 밖으로 나서며 일렀다.

"이 근처에 있으면 승상께서 아시고 잡아다가 죽일 거야. 멀리멀리 가거라!"

숙향은 어쩔 수 없이 집을 나서며 통곡했다. 길을 가다가 큰 강물에 이르자, 숙향은 그 물에 빠져 죽으려고 하늘을 향해 절을 했다.

"숙향은 전생의 죄가 무거워 부모님을 일찍 여의고 정처 없이 다니다가 천만다행으로 장승상 댁에 의지하여 지내왔습니다. 하지만 오늘 억울한 누명을 입고 이 물에 빠져 죽사옵니다. 천지 일월 성신이시여! 이 몸을 가엾게 여기소서."

숙향이 말을 마치고 통곡하니 구름도 근심이 어린 듯 참담하고 바람도 슬픈 듯 쓸쓸하게 불었다. 풀과 나무조차 슬퍼하는 듯했다. 지나가는 사람들이 이 모습을 보고서 눈물을 흘리지 않는 이가 없었다.

월궁소아와 태을선군

해는 떨어져 서산으로 넘어가고 물새들은 물가에서 슬피 울었다. 숙향은 더욱 서러운 마음을 이기지 못하여 붉은 치마를 부여잡고 방황하다가 물속으로 뛰어들었다. 길을 지나가는 사람이 이것을 보고서 구하려 했다. 하지만 물결이 매우 세차고 급하게 일어나는 바람에 구하지 못했다. 그런데 숙향이 물에 빠지는 순간 검은 판자 같은 것이 숙향의 몸 아래로 다가와 숙향을 태웠다. 숙향은 그 위에 쓰러졌다.

그때 어디선가 여자 아이 둘이 연꽃으로 만든 배를 타고서 숙향 쪽을 향하여 바쁘게 다가왔다. 아이들이 말했다.

"용녀께서는 우리 월궁소아님을 모시고 배에 오르소서."

그러자 숙향이 탄 판자 같은 것이 갑자기 아름다운 여인으로 변하더니 숙향을 안고 배에 올랐다. 옆에 있는 두 여자 아이가 숙향에게 두 번 절하고 말했다.

"월궁소아님께서 천금같이 귀한 몸을 버리려 하시기에 저희가 항아님의 명을 받고 연엽주*를 타고서 구해 드리러 왔습니다. 오하수에 이르러 여동빈*과 이적선*이라는 신선을 만났는데, 저희에게 술을 내놓으라며 붙잡는 바람에 조금 늦었습니다. 그런데 곁에 계신 용녀께서는 어디서 오셔서 소아님을 구하셨나요?"

용녀가 대답했다.

"선녀님들도 월궁소아님을 구하러 오셨군요. 저는 예전에 소아님의 아버지께 은혜를 입었기에 그 은혜를 갚으려고 구해 드리러 왔습니다. 저는 용왕님을 곁에서 모시는 공주입니다. 옛날 사해 용왕님께서 수정궁에 잔치를 열었을 때 제가 그만 유리잔을 깨뜨린 일이 있었습니다. 저는 죄를 입을까 두려워 그 일을 몰래 감추었지요. 하지만 용왕님께서 이 일을 아시고 진노하시어 저를 반하수에 내치셨습니다. 그 바람에 저는 물가로 나오게 되었지요. 그때 어부에게 잡혀서 죽게 되었는데, 마침 김전이라는 분이 구해 주셔서 살아났습니다. 그 뒤 은혜를 갚지 못할까 걱정했사온데, 어제 용왕님이 옥경*에 조회 가셨다가 옥황상제님께서 전하시는 말씀을 듣게 되었습니다. 월궁소아님이 죄를 짓고 인간 세상으로 귀양을 갔는데, 반야산에서 도적을 만나 죽을 고비를 당하고, 낙양의 옥중에 갇혀 죽을 고비를 넘긴 뒤에야 태을선을 만나 아들 둘, 딸 하나를 낳고 귀하게 되리라는 것이었습니다. 옥황상제님께서는 이 물을 지키는 용신을 불러 분부하시되, 월궁소아가 표진강에 빠질 것이니 월궁소아를 죽지 않게 하고 고생만 하게 한 뒤 보내라고 하셨습니다. 제가 그 소식을 듣고 김전 어르신의 은혜를 갚고자 소아님을 구하러 왔습니다. 그런데 이미 다른 선녀님이 모시러 오셨으니, 저는 나중에 다시 만나기를 기약하고 이만 떠나겠습니다."

말을 마친 용녀는 물 위를 평지처럼 지나서 멀어져 갔다.

숙향이 정신을 차리고 나서 선녀들에게 물어 보았다.

"저 분은 어떤 분이신데 저를 구해 주시고, 물 위를 평지처럼 다니십니까?"

---

* 연엽주(蓮葉舟) | 연꽃 잎으로 만든 배.
* 여동빈(呂洞賓) | 중국 신선. 세속을 초월하여 기이한 행동을 한다고 한다.
* 이적선(李謫仙) | 중국 당나라 때 시인 이백(李白). 자(字)는 태백(太白). 천상에서 귀양 온 신선이라 하여 적선이라고 부른다. 시인 두보(杜甫)와 함께 중국 최대의 시인으로 꼽히며, 시인 중의 신선[詩仙]이라 불린다. 현재 천백여 편의 작품이 전한다.
* 옥경(玉京) | 옥황상제가 사는 하늘나라의 서울.

선녀가 말했다.

"그분은 동해 용왕의 셋째 딸이자 표진 용왕의 부인입니다. 전에 월궁소아님의 아버님께서 목숨을 구해 주셨기에, 그 은혜를 갚으려고 구해 주러 온 것입니다."

숙향이 말했다.

"저는 팔자가 기구하여 부모님을 여의고 미천한 거지가 되었습니다. 의탁할 곳도 없어 남의 집에서 하녀로 일하다가 애매한 누명만 입었습니다. 누명을 씻을 길이 없어 세상을 하직하려고 물에 빠져 죽으려 했는데, 저를 위해 만경창파*에 수고롭게 오시어 구해 주시고, 월궁소아라고 불러 주시니 감격스럽습니다."

선녀가 웃으면서 말했다.

"월궁소아님께서 인간 세상으로 내려와 더러운 냄새에 취하시고, 인간 세상의 음식을 많이 드신지라, 우리를 몰라보는 듯싶습니다."

선녀는 옥으로 만든 병을 기울여 유리잔에 이슬 같은 차를 따라 주었다. 숙향이 그 차를 받아 마시니 그제서야 전생이 기억났다. 전생에 숙향은 옥황상제를 가까운 곳에서 모시던 월궁소아로서, 태을선관과 서로 시를 주고받았으며, 옥황상제의 월연단*을 훔친 죄를 짓고 인간 세상으로 귀양 와 고생하는 것이었다. 숙향은 자기 앞의 선녀가 전생에 자신이 월궁에서 부리던 시녀라는 것을 기억했다. 한편으로는 반가운 마음이 들었지만 다른 한편으로는 자신의 처지가 한심스러웠다. 가슴속의 슬픔은 사라지지 않았다. 숙향이 말을 이었다.

"저는 천상 세계에서 무거운 죄를 짓고 인간 세상에 내려온지라, 그 고생은 이루 말할 수 없습니다. 부모님을 만나지 못한 것과 장승상 댁에서 누명을 입어 억울함을 씻지 못한 것을 생각하니 슬프기 그지없습니다."

선녀가 말했다.

"월궁소아님께서는 이 모든 일을 한스럽게 여기지 마소서. 소아님께서 인간 세상에서 만난 부모님은 본래 봉래 땅에 사시던 선관님과 선녀님이십니다. 두 분께서 소아님과 헤어져 간장이 썩는 듯한 슬픔으로 하루하루 지내시는 것은 모두 천상에서의 잘못을 속죄하는 과정입니다. 소아님께서 부모님을 여의고 갖은 고생을 하시는 것도 천상에서 지은 죄를 속죄하는 중이기 때문입니다. 월궁소아님께서는 장승상 댁과 원래부터 십 년 간의 연분만 있을 뿐입니다. 그러니 이제 그 댁을 나오게 된 일을 너무 한스럽게 여기지 마소서. 사향이라는 년은 소아님께 애매한 누명을 입힌 죄가 있기에, 항아님이 옥황상제님께 아뢰어 천벌을 내리도록 하셨습니다. 소아님께서는 천상에서 죄를 받을 때 이 세상에서 고난을 다섯 번 당하도록 처분받으셨습니다. 이제 세 번의 액을 겪으셨으니, 앞으로 두 번의 액을 더 겪으셔야 합니다. 부디 조심하소서."

이 말을 들은 숙향은 가슴이 덜컥 내려앉는 듯했다.

"저에게 또다시 고난이 닥친다는 말씀이십니까?"

선녀가 대답했다.

"노전의 갈대밭에 가서 화재를 당할 것이며, 낙양의 옥중에 가서 형벌을 받을 것입니다. 그리고 나서도 반년 동안 빈방에서 홀로 지내신 뒤에야 태을선군을 만나 영화를 보실 것이며 부모님도 만날 것입니다."

숙향이 눈물을 흘리며 말했다.

"지금까지 겪은 고생을 생각해도 천지가 아득한데, 이제 또 무슨 액이 있다

---

* 만경창파(萬頃蒼波) | 한없이 넓고 넓은 바다.
* 월연단(月緣丹) | 부부의 인연을 맺어 준다는 전설 속의 선약(仙藥)으로 추측됨.

고 하시니 장차 어찌해야 합니까? 장승상 부인께서도 제가 애매하게 모함당한 것을 아시면 반드시 슬퍼하실 것입니다. 이제 다시 그 댁에 찾아가 앞으로 다가올 두 가지 액에서 벗어나겠습니다."

선녀가 말했다.

"이 모든 일은 이미 하늘이 정하신 것입니다. 만일 소아님께서 그리로 돌아가신다면 다시는 태을선군을 만날 수 없습니다. 태을선군을 만나지 못하신다면 이승에서는 부모님도 다시 만나지 못하십니다. 소아님께서는 자연스럽게 가실 곳이 생길 것이니 너무 염려 마소서."

"태을선군님은 어디에 계십니까? 인간 세상에서 그분의 이름은 무엇입니까?"

"태을선군께서는 낙양 땅 이위공의 귀한 아드님으로 태어나 부귀하게 지내고 계십니다. 이름은 선입니다."

그러자 숙향이 한숨을 지으며 말했다.

"함께 죄를 짓고도 어찌 선군은 귀한 몸이 되시고, 나 홀로 이토록 고생을 한단 말인가?"

"처음에 소아님께서 죄를 지었을 때, 태을선군은 옥황상제의 향안전*에서 한시도 떠나지 못하는 벼슬을 하고 있었습니다. 그뿐이 아니라 옥황상제님께서는 태을선군을 지극히 사랑하시기에 인간 세상으로 귀양 보낼 마음이 없었습니다. 그런데 항아님께서 태을선군에게도 죄를 주어야 한다고 청하였기에, 옥황상제님께서는 마지못하여 태을선군을 인간 세상으로 보내신 것입니다. 하지만 귀한 몸으로 살아가게 하시어 고생을 하지 않는 것입니다."

숙향이 탄식하며 말했다.

"태을선군님이 계신 곳은 여기서 얼마나 되나요? 그분을 만날 때까지 저는 누구에게 의탁해야 합니까? 부모님은 언제 만날 수 있을까요?"

"선군이 계신 곳은 여기서 삼천삼백 리나 떨어진 먼 곳입니다. 하지만 염려 마소서. 월궁소아님께서 육로로 혼자 가시면 일 년이 되어도 다다르지 못하겠지만, 지금 연엽주를 타셨으니 순식간에 갈 것입니다. 그곳에서 천태산*의 마고 할미*가 기다리고 있으니 그분께 의탁하면 될 것입니다. 월궁소아님께서는 앞으로 선군을 만난 후에야 부모님을 만나게 되십니다. 너무 슬퍼하지 마소서."

선녀는 말을 마치고 배의 방향을 바꾸었다. 선녀가 능파곡*을 연주하자 배가 쏜살같이 빨리 움직였다. 어떤 곳에 이르자 선녀가 배를 멈추고 말했다.

"다 왔으니 월궁소아님께서는 배에서 내려 동쪽을 향해 가세요. 자연히 구해 줄 사람이 나타날 것입니다."

말을 마친 선녀는 구슬같이 생긴 동정귤* 두 개를 주었다.

"가시다가 시장하시면 잡수세요."

선녀와 숙향은 서로 이별하며 슬퍼하였다.

숙향이 배에서 내려와 뒤돌아보니 배는 벌써 간 곳이 없었다. 숙향은 슬픈 마음을 진정하지 못하여 눈물을 떨어뜨리면서 동쪽을 향하여 발걸음을 옮겼다.

문득 배가 고파진 숙향은 선녀가 준 동정귤을 먹었다. 그러자 배는 불렀지만 천상에서의 일은 다 잊게 되고, 오직 인간 세상에서 고생하던 일만 생각나게 되었다.

숙향은 자신이 젊은 여자 아이로서 좋은 옷을 입고 다니다가 더러운 욕을

* 향안전(香案殿) | 하늘나라에 있다는 옥황상제의 궁전.
* 천태산(天台山) | 중국 절강성(浙江省) 천태현(天台縣)에 있는 유명한 산.
* 마고 할미 | 중국의 전설 속 선녀로 마고선녀(麻姑仙女)라고도 한다.
* 능파곡(凌波曲) | 연주곡 이름. 중국 당(唐)나라 현종(玄宗)이 꿈에 용녀의 청을 받아들여서 지었다고 한다.
* 동정귤(洞庭橘) | 품종이 좋은 귤.

당하게 될지도 모른다는 생각이 떠오르자 두려웠다. 마을로 들어가 자기가 입고 있던 새 옷을 주고 헌 옷과 바꾸어 입었다. 얼굴은 검게 칠하여 더럽게 만들고, 병이 들어 한 쪽 눈이 멀고, 한 쪽 팔과 한 쪽 다리를 저는 것처럼 꾸몄다. 숙향이 거동이 불편한 듯 막대를 짚고서 헤매 다니는 것을 본 사람은 모두 불쌍히 여겼다.

너무 늦은 후회

그즈음 장승상 부인은 승상 곁에서 술잔을 받들다가 문득 한숨을 쉬었다.

"제가 잘 잊어버리는 버릇이 있어서 우리 숙향이만 애매한 누명을 쓰게 되었으니, 너무 불쌍하고 가엾습니다."

승상이 말했다.

"젊은 아이가 애매한 말을 듣고 오죽이나 마음이 괴로웠겠소? 우리가 그 애를 다시 불러다가 위로해 줍시다."

부인이 이 말씀을 듣고 감격하여 급히 시녀를 불러 숙향을 불러오라고 했다.

바로 그때 사향이 안으로 들어오면서 호들갑스럽게 탄식을 했다. 부인이 물었다.

"무슨 일이냐?"

사향이 고했다.

"숙향을 양반의 자식으로 여겼더니 상인의 자식인 게 분명합니다. 부인께서 승상께로 가시자 숙향이 자기 방에 들어가더니, 무언가를 움켜쥐고 치마 속에 감추는 것이었습니다. 저를 보더니 대문 쪽으로 바삐 달아났습니다. 무엇을 가져갔는지 보려고 따라갔더니, 행여라도 잡힐까봐 더욱 빨리 도망쳤습니다. 도저히 따라갈 수 없어서 큰소리로 물어 보았습니다. '어째서 부인께 하직 인사도 드리지 않고 가느냐?' 그러자 숙향은 '나를 구박하고 내치는데, 하직 인사는 해서 무엇하겠니? 깊은 방에 갇혀 살다가 이제서야 밖으로 나오니, 새장에 갇혔던 새가 날아가는 것 같구나!' 하면서 어떤 남자의 손목을 잡고 희롱하며 갔습니다."

부인이 깜짝 놀라서 말했다.

"내가 그 아이에게 꼭 전할 말이 있다. 빨리 가서 데려오너라."

사향은 부인이 보는 데서는 급히 가는 척하다가, 부인의 눈길이 닿지 않는 곳에 이르자 마을에 따로 있는 자기 집으로 들어갔다. 사향은 거기서 한참 동안 머물다가 헉헉 숨이 차는 모양으로 집으로 들어와 이렇게 여쭈었다.

"숙향이 벌써 멀리 갔기에, 급히 따라가서 전하신 말씀을 일러주었습니다. 그런데 숙향은 입을 삐쭉거리면서 '내 얼굴과 재주로 어디 가서 그만한 옷과 밥을 얻지 못하겠니?'라고 얄밉게 빈정댔습니다. 숙향이 같이 간 남자와 희롱하는 모습은 차마 볼 수 없었습니다. 저는 그처럼 칙칙하고 더러운 행실을 차마 입에 올릴 수 없습니다."

이때 밖에서 어떤 스님이 들어왔다. 승상이 그 스님의 얼굴을 살펴보니 비상하고 위엄 있어 보였다. 승상은 부인에게 밖에 나가 있으라고 말한 뒤, 일어나서 스님을 맞이했다. 그 스님이 읍*하고 앉자 승상이 물었다.

"대사께서는 어디에 계신 뉘신지요? 이토록 누추한 곳에는 무슨 일로 오셨습니까?"

"저는 하늘에서 온 천승天僧입니다. 옥황상제님께서 나에게 명을 내리시어 승상 댁의 옥석*을 분별하라고 하시기에 왔습니다. 승상께서는 이 집안의 노비를 모두 불러내소서."

승상이 놀라며 말했다.

"제 집에는 각별히 옥석을 구별할 일이 없습니다. 천승께서 수고롭게 오셨나 봅니다."

"옥석을 분간할 일이 없다고 하지만, 숙향과 사향의 일에 대해 자세히 알고 계십니까?"

승상이 미처 대답하지 못한 사이에, 사향이 이를 눈치 채고는 미리 둘러댔다.

"숙향은 본디 빌어먹는 거지였습니다. 승상 내외분께서 숙향을 가엾게 여기시어 데려다가 부인의 침방에 두고 친자식같이 사랑하셨습니다. 하온데 숙향이 괘씸하게도 은혜를 모르고 승상의 옥장도와 부인의 금봉채를 훔쳐서 제 함 속에 감춰 두고 있다가, 사실이 드러나자 도망쳤습니다. 이 중은 어떤 중이기에 스스로 천승이라고 하면서 재상 댁 안채 가까이로 들어와 숙향을 두둔하며 소란을 피우는 것입니까? 남자 종을 불러내어 저 중을 결박하고 큰 매로 국문하여 보소서."

그러자 천승이 웃으며 말했다.

"네가 승상 댁의 모든 일을 맡아 온갖 것을 마음대로 하다가 숙향이 들어온 뒤로 불만을 품고 해코지하려 하지 않았느냐? 삼월 삼일에 승상이 부인과 영춘당에서 잔치할 적에 네가 금봉채와 장도를 도적질하여 숙향의 함에 넣고서 숙향이 훔쳐 갔다고 거짓말을 하지 않았느냐? 너는 승상과 부인께 거짓말을 전하고, 부인이 승상께 찾아와 숙향을 용서해 달라고 하는 사이에 숙향을 구박하여 등을 밀어 내치지 않았느냐? 그러고 나서도 계속 거짓말로 속여서 여쭈지 않았느냐? 그뿐만이 아니다. 너는 숙향을 데리러 가는 체하고 마을에 있는 네 집에 숨어 있다가 다시 돌아와서 온갖 거짓말을 지어내 고하지 않았느냐? 네가 승상과 부인은 만 가지로 속일 수 있다 하여도 저 하늘만은 속이지 못하리라."

말을 마친 스님은 소매에서 조그마한 북을 실은 수레를 꺼냈다. 그것을 공

---

* 읍(揖) | 인사하는 예(禮)의 하나. 두 손을 맞잡아 얼굴 앞으로 들어 올리고 허리를 앞으로 공손히 구부렸다가 몸을 펴면서 손을 내린다.
* 옥석(玉石) | 옥과 돌이라는 뜻으로, 좋은 것과 나쁜 것을 구분함을 이르는 말.

중에 던지더니 그 위에 올라탔다. 잠시 후 검은 구름이 하늘을 덮고 뇌성벽력이 천지를 진동하더니 번쩍하고 번개가 쳤다. 승상 부부와 일가 노복이 모두 엎드려서 두 손을 마주 대고 빌고만 있었다. 그때였다. 공중에서 집채만한 불덩이가 내려와 사향을 잡아내더니 그 위에 벼락을 내리쳤다. 이 광경을 본 사람은 모두 놀라서 기절하였다. 얼마쯤 시간이 지나자 사람들이 차츰차츰 정신을 차렸다.

부인도 한참 만에야 겨우 정신을 차리고 일어났다. 부인이 눈물을 흘리며 말했다.

"사향이란 년이 애매한 숙향을 모해하여 내치고 이제 천벌을 받아 죽었으니, 이는 사리에 옳습니다. 하지만 가엾은 숙향은 어디에 가서 고생을 하는지……. 그 애가 있던 방에나 들어가 봐야겠습니다."

부인이 울면서 그 방으로 들어가니 숙향이 입던 의복과 세간은 그대로인데, 전에 없던 혈서血書 한 장이 창문 앞에 놓여 있었다. 근처에는 채 마르지 않은 눈물 흔적이 남아 있었다. 이를 본 부인은 더욱 슬픈 마음이 솟아나 눈물을 흘리며 편지를 펼쳐 보았다. 거기에는 이렇게 써 있었다.

다섯 살에 부모님을 잃고 하느님께 무서운 죄를 지었도다.
십 년 동안 승상 댁에 의지했으니, 부인의 은덕은 하늘같이 높도다.
하지만 하루아침에 애매한 누명을 입었으니, 이제 얼굴을 들고서 어디로 가리오?
밝은 하늘이시여! 자세히 살피시어 저의 애매한 누명을 세상에 밝혀 주소서!

부인은 그 글을 보고서,
"숙향이 죽은 게 분명하구나."
하고 탄식하며 슬피 울다가 승상께 고했다.

"천벌을 받은 사향은 흔적 없이 사라졌습니다. 하지만 가엾은 숙향은 어디에 있단 말입니까? 의지할 곳 없는 숙향은 죽었을 것입니다. 승상은 저를 위해 사람을 많이 보내어 숙향의 신체나 찾아 주소서."

승상이 말했다.

"부인께서는 어째서 숙향이 죽었다고 하십니까?"

부인이 울면시 말했다.

"숙향이 창문 앞에 이러한 이별의 시를 써놓고 나갔습니다."

승상은 숙향이 남긴 편지를 읽고서 가여운 마음에 눈물만 흘릴 뿐이었다.

승상에게는 장완이라는 조카가 있었다. 하루는 그 조카가 승상 댁을 찾아왔다가 숙향의 사연을 듣고서 말했다.

"제가 이리로 올 때 표진강에서 모습이 그와 같은 여자 아이가 하늘을 향해 울면서 땅에 엎드려 절하는 것을 보았습니다. 아마도 그 아이가 숙향이었나 봅니다."

승상이 그 말을 듣고서 집안의 하인 여럿을 표진강으로 보내 찾아보게 했다. 명을 받은 하인들이 즉시 표진강으로 가서 숙향의 종적을 찾았지만, 끝내 찾을 수 없었다. 하인들은 다시 집으로 돌아와 고했다.

"근처에 사는 마을 사람에게 물어 보니 그 아이는 벌써 물에 빠져 죽었다고 합니다."

승상이 이 말을 들으시고 크게 놀라며 안타까운 마음을 금하지 못했다. 이 말을 들은 부인도 대성통곡하였다. 그 뒤 부인은 날마다 눈물이 마를 날이 없었다. 승상이 부인을 위로하여 말했다.

"숙향이 친자식이었다고 해도 그 아이의 명이 짧아 죽었을 것입니다. 부인께서는 너무 마음 쓰지 마시오. 그 아이가 비록 다른 사람의 자식이지만, 애매한 일로 죽은 것을 생각하니 나 역시 마음이 아프구려. 부인께서 지나치게 슬퍼하시니 장차 몸을 버리게 되실까 염려됩니다."

부인이 말했다.

"숙향이 애매한 누명을 입고 죽었사오니 어찌 설움을 참을 수 있겠습니까?"

이후로 부인은 울기만 하고 음식을 전혀 들지 않았다. 승상은 이를 크게 염려하여 솜씨가 훌륭한 화공畵工을 데려와 숙향의 초상화를 그리게 하여 부인을 위로하려고 했다. 곁에 있는 장성이라는 나이 든 종이 여쭈었다.

"숙향 아가씨가 열 살 되기 전에 소인이 아가씨를 업고서 버드나무가 늘어선 길가로 나아가 그네 뛰는 구경을 한 적이 있었습니다. 그때 중국 호남성의 장사성에 사는 조장이라는 사람이 그림을 잘 그린다면서 아가씨를 보더니, '내 평생 동안 아름답다는 사람들을 여러 명 만나 보았으나 이 아기 같은 얼굴은 보지 못했다.' 고 했습니다. 그때 아가씨를 그려갔는데, 지금 바로 그 사람을 찾아가서 그림을 구하면 될 듯합니다."

이 말을 들은 승상이 크게 기뻐하여 즉시 장사 땅으로 가서 조장을 찾았다. 그에게 숙향의 초상화를 팔라고 하자 조장이 말했다.

"어떤 사람이 그림 값을 많이 준다기에 판 지 오래되었습니다."

승상은 그림을 다시 찾아달라며 백금 일백 냥을 주었다. 그제서야 화공은 그림을 꺼내 주었다. 승상이 그 그림을 바라보니 마치 숙향이 살아서 돌아온 것 같았다. 승상은 초상화를 가져다가 부인에게 주었다. 부인은 그림을 보고 반가움을 이기지 못하여 안고 구르며 울었다. 부인은 숙향의 초상화를 자신의 침실에 걸어 두고 아침저녁으로 그 앞에 음식을 차려놓고서 눈물지으며 슬퍼하였다.

화재를 만나 이화정으로

숙향은 혼자 울면서 동쪽을 향해 길을 떠났다. 한참을 걸어가다 한 곳에 다다르니 넓은 들이 펼쳐졌다. 그곳은 하늘까지 닿을 듯 높이 우거진 갈대숲이었다. 숙향은 어디로 가야 할지 알 수 없어 갈대숲 속으로 겨우겨우 길을 찾아갔다.

서산에는 벌써 해가 떨어지고 있었다. 숙향은 갈대숲에 기대어 깜빡 잠이 들었다.

이윽고 밤중이 되자 갑자기 찬바람이 불더니 사방에서 자욱한 불길이 일어나 숙향의 곁으로 다가왔다. 숙향은 당황하여 어찌할 바를 몰랐다. 그 불은 점점 가까이로 번졌다. 숙향은 절박한 심정이 되어 눈물을 흘리며 하늘을 향해 빌었다.

"저는 평생토록 무거운 죄를 짊어진 몸입니다. 어려서는 부모님을 잃었고, 자라면서는 온갖 고생을 겪었습니다. 벌써 죽었어야 할 이 몸이 구태여 살아서 이 고생을 하는 것은 행여라도 부모님을 만나 볼까 바랐기 때문입니다. 하지만 이제 화재를 만나 이 땅에서 죽게 되었습니다. 밝게 빛나는 하늘이시여! 숙향을 굽어 살피시어 구해 주소서!"

숙향이 슬프게 통곡하는 중에 어디선가 갑자기 할아버지가 나타났다. 그 할아버지는 막대를 짚고서 숙향에게 다가왔다.

"너는 누구냐? 어째서 이렇게 험한 화재를 만났는고?"

"난리중에 부모님을 잃었습니다. 의탁할 곳이 없어 여기저기 헤매다가 화재를 당했어요. 할아버지! 제발 저를 살려 주세요."

"말하지 않아도 이미 다 알고 있다. 불길이 급하니 몸에 지닌 것과 옷가지를 다 벗어 두고 몸만 내 등에 업히거라."

숙향이 옷을 벗어 놓자 불길이 벌써 옷에 닿아 타들어가고 있었다. 할아버지가 소매에서 붉은 부채를 내어 부치자, 불길이 더는 다가오지 않았다. 할아버지는 숙향을 업고 갈대밭을 건너가 내려 주었다. 할아버지가 옷소매 하나를 떼어 주며 말했다.

"이것으로 몸 아래를 가리고 동쪽으로 가거라. 화재는 면했다지만 낙양에 가면 옥에 갇히는 액을 당할 테니, 장차 이를 어찌할꼬? 아무튼 나중에 귀하게 되어 이곳을 지나거든 내 은혜나 잊지 말아라."

숙향이 고개를 숙여 감사를 드리고 물었다.

"할아버지께서는 어디 사세요? 성명은 어떻게 되세요?"

할아버지가 웃으며 말했다.

"내 집은 남천문* 밖이고, 이곳은 노전이라는 갈대밭이다. 내 이름은 화덕진군*이란다. 내가 아니었으면 네가 어찌 화재를 면했겠느냐? 또 어찌 삼백 리나 되는 갈대밭을 무사히 지났겠느냐?"

할아버지는 말을 마치고 사라졌다.

숙향은 눈물을 흘리며 동쪽을 향해 발걸음을 옮겼다. 깊은 밤이 지나고 점점 날이 밝아오자, 숙향은 벌거벗은 채로 다니기도 어려워진데다 배도 고파서 움직일 수가 없었다. 숙향은 길가의 숲을 의지해 앉았다.

그때 어떤 할머니가 광주리를 옆에 끼고 지나가다가 숙향을 보더니 다가와 앉아서 말을 건넸다.

"너는 누구냐? 점잖은 아이가 벌거벗은 채로 큰 길가에 앉아서 울고 있으니 무슨 일이냐? 부모님께 매를 맞고 쫓겨났느냐? 아니면 남의 집에서 도적질을 하다가 쫓겨났느냐? 그도 아니면 불한당*을 만나서 옷을 빼앗기고 왔느냐?"

"저는 본래 부모가 없는 아이라 쫓겨날 일도 없어요. 남의 것을 도적질한 적도 없고, 제 것을 잃어버린 적도 없습니다. 다만 피곤하고 배가 고파서 앉아 있는 거예요."

할머니는 미소를 머금고 말했다.

"네게 어버이가 없다면 너는 어디서 태어났단 말이냐? 네가 부모를 잃고 다닌다지만, 사실은 쫓겨난 것과 다름없지 않느냐? 장승상 댁에서 금봉채 사건으로 누명을 쓰고 이리로 왔으니, 도적으로 몰린 것이나 다름없지 않느냐? 노전이라는 갈대밭에서는 옷을 다 태웠으니, 불한당을 만난 것과 다름없지 않느냐?"

숙향이 깜짝 놀라서 말했다.

"할머니께서 어떻게 그런 일을 다 알고 계세요?"

"남들이 말해 주기에 들었을 뿐이다. 이제 어디로 가려느냐?"

"아무 데도 갈 곳이 없어요."

"나는 자식이 없단다. 네 얼굴을 보니 병색이 전혀 없는데도 병든 사람처럼 하고 있으니 이상하구나. 여기서 울 것 없이 내 집으로 가자. 거기서 내 집이나 지키는 것이 어떻겠느냐?"

"할머니께서 버리지만 않는다면 따라가겠어요. 할머니 댁은 여기서 얼마나 먼가요? 제가 이렇게 벌거벗은데다가 배도 고파서 민망하기 짝이 없어요."

할머니는 광주리에서 삶은 산나물 한 줄기를 꺼내 주었다.

* 남천문(南天門) | 하늘의 남쪽 문.
* 화덕진군(火德眞君) | 불을 관장하는 신.
* 불한당(不汗黨) | 떼를 지어 돌아다니며 재물을 마구 빼앗는 사람들의 무리 혹은 남 괴롭히는 것을 일삼는 파렴치한 사람들의 무리.

"배가 고플 테니 이것을 먹으려무나."

숙향이 그 나물을 먹으니 배가 부르고 향기로워 정신이 황홀해지는 듯했다. 할머니는 숙향에게 옷가지를 내어 주며 어서 입고 함께 가자고 했다. 숙향은 할머니를 따라 두어 고개를 넘어갔다. 그러자 집들이 즐비하게 늘어선 마을이 나왔다. 산 아래에 다다르자 할머니가 말했다.

"이곳이 내 집이다."

숙향이 그리로 들어가 보니, 크지는 않았지만 소담하고 정갈했다. 그 집에는 아이 하나 없이 청삽사리만 한 마리 있었다. 그 개가 숙향을 보더니 마중을 나오는 듯 꼬리를 치며 반겨 주었다. 숙향은 할머니 집으로 들어와 마치 병이 들어 몸이 불편한 것처럼 행세했다.

그러던 어느 날 할머니가 말했다.

"네 얼굴을 가만히 보니 가을날 보름달이 구름 속에 싸인 듯 맑고도 아름답구나. 네 몸도 자세히 살펴보니 사실은 병이 없는 것 같은데……. 나를 속이지 마라."

그러나 숙향은 미소를 머금고 있을 뿐 아무 대답도 하지 않았다. 할머니가 말했다.

"내 집은 본래 술집이니라. 마을 사람들이 자주 출입하는데, 이렇게 추하고 더러운 모습으로 있으면 사람들이 침을 뱉고 찾아오지 않을 것이니 어찌할꼬? 이제부터는 얼굴이나 깨끗하게 씻고 지내거라."

말을 마친 할머니는 밖으로 나갔다.

숙향이 여러 날 동안 할머니 집에서 지내면서 살펴보니, 드나드는 남자도 없고, 집안이 깨끗하고 편안했다. 숙향은 그제서야 깨끗하게 세수를 하고 옷을 갈아입은 뒤, 비단으로 바른 고운 창을 의지하고 수를 놓으며 지냈다. 방으로 들어오던 할머니가 이 모습을 보더니 기쁜 기색으로 숙향을 와락 껴안으면서 말했다.

"가엾구나, 내 딸아! 전생에 무슨 죄로 광한전*을 이별하고 인간 세상으로 내려와 이 고생을 하는고?"

숙향이 긴 한숨을 지으며 말했다.

"할머니께서 저를 친자식같이 여기시니 제가 어찌 할머니를 속이겠어요? 저는 본래 양반의 자식으로 난리중에 부모님을 잃고 의탁할 곳이 없어 길 위로 헤매 다녔어요. 그때 어떤 사슴이 저를 업어다 남군 땅 장승상 댁 동산에 두고 갔습니다. 그 댁에는 자식이 없어 친자식처럼 사랑받으며 지냈습니다. 그러다 뜻밖에 애매한 누명을 쓰게 되었지요. 저는 살아갈 의지를 잃어 강물에 빠져 죽으려고 표진강으로 뛰어들었습니다. 그때 나물을 캐는 두 아이가 저를 구해 주더니 동쪽으로 가 보라고 했어요. 저는 그 말을 따라 정처 없이 가다가 갈대밭에 이르러 잠이 들었지요. 그런데 갑자기 불이 나는 바람에 옷이 다 타고, 죽을 지경에 이르렀어요. 그때 화덕진군님이 나타나셔서 구해 주셨습니다. 그 덕분에 겨우 살아나 할머니를 만난 거예요. 그런데 헐벗고 약한 몸으로 길 위에서 지내다가 혹시라도 나쁜 일을 당할까 근심이 되어, 병이 들어 몸이 불편한 것처럼 행세한 것입니다. 하지만 여러 날 동안 할머니 댁에서 지내고 보니, 낯선 사람이 함부로 출입하는 일도 없고, 할머니께서 저를 친자식처럼 아껴 주시니, 저도 할머니를 친부모님처럼 섬기겠어요. 제 소원은 할머니와 서로 믿으며 백 년을 한결같이 지내다가, 죽어서 한곳에 묻히는 것입니다. 다만 한 가지 두려움은 만일 제 몸이 잘못되어 마치 미친 벌이 봄꽃의 틈을 보고 희롱하듯, 호탕한 남자가 해를 끼쳐 제가 노류장화*처럼 이 세상에서 몸을 버리게 되지나 않을까 하는 것입니다."

할머니는 이 말을 듣더니 옷깃을 여미고 절하면서 말했다.

"내가 어찌 낭자를 속여 일생을 그릇되게 하겠습니까? 그런 일일랑은 염려 마시고 낭자의 재주나 펼쳐 보세요."

이 일이 있은 뒤로 숙향은 할머니를 더욱 공경하였으며, 할머니는 숙향을 더욱 사랑하였다.

* 광한전(廣寒殿) | 달 속에 있다는, 항아(姮娥)가 사는 가상의 궁전.
* 노류장화(路柳墻花) | 아무나 쉽게 꺾을 수 있는 길가의 버들과 담 밑의 꽃이라는 뜻으로, 창녀나 기생을 비유하는 말.

요지연의 꿈

숙향은 본래 총명하여 배우지 않고서도 인간 만사에 통하지 않는 것이 없었으며, 모든 면에서 재능이 뛰어났다. 수놓는 솜씨도 타고났으므로 숙향이 수놓은 것을 시장에서 팔면 모두 비싼 값을 주었다. 그 덕분에 할머니의 집은 점점 더 넉넉해졌다.

숙향이 할머니 집으로 들어온 이듬해 삼월 보름날, 할머니는 술을 팔러 나가고 숙향이 혼자서 초당에 앉아 있었다. 그때 파랑새가 날아와 매화 가지에 앉아 울었다. 숙향은 홀로 생각했다.

'저 새도 나처럼 부모님을 여의었을까? 어찌하여 혼자 앉아 저렇게 울까?

숙향이 이런 생각을 하며 잠깐 졸고 있을 때, 파랑새가 다가와 속삭였다.

"낭자의 부모님이 멀리 계시니 저를 따라오세요."

숙향이 기뻐하며 파랑새를 따라 어떤 곳에 다다랐다. 그곳에는 백옥같이 투명하고 맑은 연못이 있는데, 가운데에 구슬로 단을 만들고, 위에는 누각을 지었으며, 산호* 현판에는 금빛 글씨로 '서왕모* 집'이라고 써 있었다. 그 집의 광채가 찬란하여 위엄이 있으므로 숙향은 똑바로 바라보지도 못하고, 감히 들어갈 수도 없어 문 밖에서 망설이고 있었다. 그 안으로 선관과 선녀들이 학이나 봉황새를 타고서 쌍쌍이 들어가고 있었다.

한편 채색 구름이 어린 곳에는 여섯 마리의 용이 황금 수레를 끌어오는데, 이는 옥황상제가 탄 가마였다. 가마 뒤에는 삼태성과 북두칠성을 비롯하여 모든 선관이 차례차례 들어오고, 그 뒤를 이어 석가여래가 들어오는데, 뒤에는 여러 부처님과 천관, 관음보살과 나한*이 위엄 있게 줄지어 서 있었다. 그 주변에는 오색 구름이 어려 있고, 좋은 향내가 진동했다. 행차가 다 지나가는데도 모두 숙향을 보지 못한 듯 그냥 지나쳐 갔다.

잠시 후 흰 구름이 일어나며 백옥으로 만든 가마를 탄 선녀 하나가 백련화* 한 가지를 손에 쥐고서 단정하게 앉아 있는 것이 보였다. 선녀의 양옆에는 수많은 선녀가 늘어서 있는데, 그는 다름 아닌 월궁항아였다. 월궁항아가 숙향을 보고서 말했다.

"반갑구나, 소아야! 인간 세상에서 지내는 고생이 어떠한가? 나와 함께 들어가 요지*나 구경하고 가려무나."

그제야 숙향은 파랑새를 앞세우고 안으로 따라 들어갔다. 들어가서 바라보니 그 집의 휘황찬란한 차림새나 그 안에 늘어서 있는 선동들의 모습이 아름다워 이루 설명할 수 없이 황홀했다. 아름다운 음악과 화려한 춤이 펼쳐졌으며, 팔진미*와 좋은 술이 차려 있었다.

그 중 어떤 보살 하나가 젊은 선관의 호위를 받으며 상제께 다가와 인사를 올렸다. 상제께서는 보살의 뒤에 서 있는 선관을 부르시더니 이렇게 물었다.

"태을아! 인간 세상의 재미가 어떠한가? 소아는 찾아보았는고?"

선관이 공손히 인사를 올리자 항아가 옥황상제께 여쭈었다.

"소아가 네 번 죽을 뻔한 액고를 겪었사오니, 이제는 귀한 자식과 복록을 점지해 주소서."

* 산호(珊瑚) | 바다 밑에서 사는 산호류. 장식품의 재료로 쓰는 칠보의 하나.
* 서왕모(西王母) | 중국 신화에 나오는 신녀(神女). 불사약을 가졌다고 한다.
* 나한(羅漢) | 삶과 죽음을 이미 초월하여 배울 만한 법도가 없게 된 경지의 부처. 아라한(阿羅漢).
* 백련화(白蓮花) | 흰 연꽃.
* 요지(瑤池) | 중국 곤륜산에 있으며, 신선이 산다는 못.
* 팔진미(八珍味) | 중국에서 성대한 음식상에 갖춘다고 하는 진귀한 여덟 가지 음식. 아주 맛있는 음식을 비유하는 말.

옥황상제는 즉시 북두칠성을 명하여 수명壽命을 칠십으로 정해 주시고, 두 명의 아들과 한 명의 딸을 낳도록 하셨으며, 복록을 두루 갖추도록 점지해 주셨다. 그리고 아들들이 자라면 정승이 되게 해주셨으며, 딸은 황후가 되도록 정해 주셨다. 그 뒤 옥황상제는 소아에게 명하여 반도蟠桃 두 개와 계수나무 꽃 한 가지를 태을선관에게 주라고 명했다. 명을 받은 소아는 한 손으로 옥 쟁반에 복숭아를 담아 들고, 다른 한 손으로는 계화를 쥐고서 태을선관에게 주었다. 선관이 두 손으로 받으며 그윽한 눈길로 소아를 바라보자, 소아는 부끄러워 몸을 돌리다가, 그만 자신이 끼고 있는 옥지환의 진주를 떨어뜨리고 말았다. 깜짝 놀란 숙향이 그것을 주우려는데, 선관이 벌써 진주를 주워 손에 들고 있었다. 숙향은 부끄러움을 이기지 못하여 전각 위로 올라가려고 했다.

바로 그 순간 술을 팔고 돌아온 할머니가 숙향에게 말을 건넸다.

"봄날이 곤하다지만 무슨 잠을 그토록 자는고?"

숙향은 할머니가 놀라서 깨우는 바람에 잠에서 깨어났다. 방금 전에 겪은 일은 모두 한낱 꿈이었던 것이다. 하지만 숙향의 눈에는 요지에서 잔치를 벌인 풍경이 생생하게 어른거렸고, 아름다운 음악 소리가 아직도 귀에 쟁쟁하였다.

할머니가 말했다.

"천상에서 본 서왕모의 요지경이 속세와는 얼마나 다르던가요?"

숙향이 깜짝 놀라서 말했다.

"제가 아까 꿈에서 천상의 요지를 보고 온 것을 어떻게 아시고 이런 말씀을 하세요?"

할머니가 미소를 지으며 말했다.

"낭자께서 파랑새를 따라가시더군요. 저는 그 파랑새에게 모든 것을 들었

지요."

숙향은 이상히 여기면서도 꿈 이야기를 자세히 했다. 할머니가 말했다.

"그런 좋은 광경을 그냥 잊어버리는 것이 아깝습니다. 그 모습을 자세히 수놓아 후세에 전해 주세요."

숙향은 그 말이 옳다고 여겨 꿈에 본 광경을 수놓았다. 할머니는 칭찬을 아끼지 않았다.

"진실로 고금에 드문 재주를 가지셨군요. 아무튼 세상 사람 중에 혹시라도 이 그림에 담긴 뜻을 알아볼 사람이 있을지 모르니, 나가서 팔아 보십시다."

숙향이 말했다.

"이 수예품은 천금을 준다 해도 바꿀 수 없습니다. 수놓는 데 들인 정성으로 말하면 설령 백금을 준다고 해도 당치 않습니다. 세상 사람 그 누가 제 값을 알아주겠어요? 하지만 그냥 갖고 있을 수는 없으니, 반값이라도 주겠다는 사람이 있으면 팔아 오세요."

"두 자 남짓한 비단을 어느 누가 오십금이나 주고 사겠습니까? 아무튼 팔아나 보십시다."

할머니가 수예품을 가지고 시장 거리로 나가니, 아무도 사겠다는 사람이 없었다.

남경 땅에는 조장이라는 상인이 있는데 물건을 보는 안목이 높았다. 조장이 그 수예품을 보더니 깜짝 놀라며 말했다.

"도대체 누가 이것을 수놓았는가?"

"내 집에 있는 점잖은 자식이 놓았답니다."

"할머니는 어디 사시오?"

"낙양 동촌 이화정이지요. 거기서 술을 파는 할미랍니다."

"값은 얼마나 되오?"

"제값은 저도 모른답니다. 그저 주고 싶은 만큼 주고 사 가세요."

"이 그림은 비록 천금이라도 비싸지 않으며, 여기에 들인 공력은 백금이라도 싸다고 할 것입니다. 하지만 제가 넉넉하지 않으니 다만 공들인 값만큼만 주고 사겠습니다."

조장이 백금을 내어 주면서 말했다.

"이 그림에 담긴 뜻을 세상 사람은 모를 것입니다. 이 그림은 천상 세계의 요지에서 서왕모라는 신선이 옥황상제께 복숭아를 바치는 모습입니다. 이것이야말로 천하에 으뜸가는 보배입니다. 할머니께서는 어찌 따님이 수놓은 것이라고 하십니까? 분명히 예사롭지 않은 사람이 수놓은 것임에 틀림없습니다."

조장이 말을 마치고 수예품을 가지고 갔다. 할머니는 백금을 받아 집으로 돌아와 조장이 수예품을 사갔다고 말했다. 숙향이 말했다.

"인간 세상에도 물건 보는 안목을 지닌 사람이 있도다."

조장은 수예품을 얻은 후 매우 기뻐하면서, 천하에서 제일가는 문장가 중에 서예에도 능한 사람을 찾아가 그림에 어울리는 시를 지어 달라고 청하기로 했다. 하지만 쉽사리 적임자를 찾을 수 없었다.

그러던 어느 날 조장은 낙양 북촌에 사는 이상서의 아들 이선이 뛰어난 문장가 이태백*과 두목지*의 재질을 두루 갖추었다는 소식을 들었다. 조장은 크게 기뻐하며 예물을 가지고 이선을 찾아서 낙양 북촌을 향해 길을 떠났다.

조장이 글과 글씨를 얻으러 찾아가는 이선은 숙향과 동갑인데다가 생일도

---

* 이태백(李太白) | 중국 당나라의 시인.
* 두목지(杜牧之) | 중국 당나라의 시인. 모습이 아름다워 그가 길거리로 나가면 기생들이 그를 보려고 수레에 귤을 던져, 언제나 수레에 귤이 한가득 들어 있었다고 한다(옛날 중국에서는 여자들이 멋진 남자에게 귤을 던져 사랑을 표현하는 풍습이 있었다.).

같았다. 이선의 아버지는 병부상서 이정이었다. 그는 젊었을 때부터 재주가 뛰어나 황제로부터 능력을 인정받고 총애를 입었다. 황제께서는 이정을 아름답게 여겨 위공의 벼슬을 내린 후 나라 일을 맡기려 하였다. 그러나 위공은 자신이 이 일을 맡는다면 나중에 조정에서 논란이 일어날 것이라고 짐작했다. 위공은 몸에 병이 있다고 핑계를 대고 고향으로 내려왔다. 황제께서는 위공의 충성심을 아끼시어 벼슬을 물리지 않으시고 군사권을 맡겼다.

이런 위공에게는 나라에 버금갈 만큼 금은보배가 많아 세상에 부러울 것이 없을 듯했다. 그러나 그에게도 자식이 없는 슬픔이 있었다.

그러던 어느 가을날, 음력으로 칠월 보름날이었다. 위공은 부인인 왕씨와 함께 완월루*에 올라가 달구경을 하였다. 위공이 부인에게 말했다.

"우리는 부귀가 조정에 으뜸인데다, 부인의 인물과 재주는 천하에 견줄 바가 없으니 복이 있다 하겠습니다. 하지만 자식이 없어 후사를 전할 곳도 없고 의지할 곳도 없으니, 이것이 한입니다. 내가 곰곰이 생각해 보니, 지금의 내 벼슬로는 부인을 하나 더 얻어도 괜찮을 듯합니다. 부인의 생각은 어떻습니까?"

이 말을 들은 부인 왕씨가 한숨을 지으며 말했다.

"상서의 위엄으로는 두 명의 부인뿐 아니라 열 명의 부인인들 어찌 두지 못하겠어요?"

상서가 웃으며 말했다.

"우리가 비록 지금은 자식이 없지만 설마 영영 자식을 두지 못하겠습니까? 부인은 염려치 마시오."

위공의 부인인 왕씨는 당시에 우승상 벼슬을 한 왕패의 딸이었다. 왕씨는 남편인 이상서가 자식이 없어 다른 부인을 얻어야겠다고 말한 날, 너무나 마음이 아파 잠을 이루지 못했다. 날이 새자 왕씨 부인은 곧바로 친정을 찾아가 부모님께 의논드렸다.

"제가 자식을 낳지 못해 남편이 다른 부인을 얻으려 합니다."

아버지 왕승상이 말했다.

"삼천 가지 불효 중에 자식이 없는 죄가 가장 크단다. 네가 지금은 분하겠지만, 자식이 없으니 어쩌겠느냐?"

그러자 왕씨 부인이 말을 이었다.

"제가 들으니 대성사의 부처님께서 영험하시어, 자식 없는 사람들이 가서 정성껏 빌면 낳을 수 있다고 합니다. 저도 대성사 부처님께 가서 지성껏 빌어 볼까 합니다."

아버지는 그렇게 해보라고 허락했다.

왕씨 부인은 집으로 돌아온 뒤 목욕재계하고 예단을 갖추어 대성사 부처님을 찾아갔다. 왕씨 부인이 대성사에서 여러 날 동안 머물며 지성껏 축원하고 돌아온 바로 그 날 밤 꿈에 부처님이 나타났다.

"네 남편인 이상서가 평소에 형벌을 엄하게 다스려 죄 없는 백성을 많이 죽였기에, 자식을 두지 못하게 하였느니라. 하지만 네 정성이 지극하기에 귀한 자식을 점지해 주니 잘 기르라."

부처님은 말을 마치고 사라졌다. 부인은 꿈에서 깨어나 두 손을 마주 대고 하늘을 향해 백 번이나 빌었다. 그리고 상서에게 꿈의 사연을 자세히 들려주었다. 상서는 크게 놀라는 한편 매우 기뻐 부인과 함께 하늘을 향해 빌고, 잠자리에 들어 잠깐 졸았다. 그 꿈에 젊은 선관이 옥홀*을 쥐고 내려오더니 상서에게 두 번 절하고 말했다.

---

* 완월루(玩月樓) | '달 구경을 하는 정자'라는 뜻의 누각.
* 옥홀(玉笏) | 벼슬아치가 임금을 만날 때 손에 쥔 옥으로 만든 물건.

"저는 옥황상제를 모시는 태을선군입니다. 월궁에서 죄를 짓고 쫓겨나 어디로 가야 할지 몰라 방황하다가 대성사 부처님의 지시를 받아 이 댁으로 왔습니다."

상서가 꿈에서 깨어나 부인에게 말했다.

"어제는 부인이 그런 꿈을 꾸었고, 오늘은 내가 이런 꿈을 꾸었구려. 아마도 부인의 정성으로 대성사 부처님의 은덕을 입게 되는가 보오."

과연 그 달부터 왕씨 부인에게 태기가 있었다. 왕씨 부인은 날마다 아들 낳기를 빌고 또 빌었다.

그 이듬해, 기축년 사월 초파일이 되었다. 황제께서는 상서를 황성으로 불러들이셨다. 그 일로 왕씨 부인은 혼자 집에 남아 있었다.

그 날 아침, 왕씨 부인의 집에는 예전에 보지 못한 오색 구름이 몰려오더니, 기이한 향내가 진동했다. 부인은 이상하게 여기면서 집안을 정결하게 청소했다.

시간이 좀 지나자 왕씨 부인은 온몸에 기운이 없어지는 것을 느꼈다. 왕씨 부인은 곧바로 잠자리에 누워 쉬었다. 잠시 후 창 밖에서 아름다운 소리가 나더니 사향머리*를 한 선녀 두 명이 방 안으로 들어왔다. 선녀들이 부인에게 말했다.

"아기를 낳으실 시간이 다 되었습니다. 부인께서는 잠깐 잠자리에 누우소서."

선녀들은 말을 마친 뒤 부인의 옷을 벗겨 주었다. 부인은 편하게 누워서 아기를 낳았다. 어여쁜 옥동자였다. 선녀가 옥으로 만든 병을 기울이자 병 안에서 맑은 물이 쏟아졌다. 선녀는 그 물로 아기를 씻은 뒤 부인 곁에 뉘었다. 선녀들이 떠나려 하자 부인이 물었다.

"그대는 누구십니까? 이토록 누추한 곳에 오셔서 도와주고 가시니, 감사의 마음을 표하고 싶습니다. 조금만 더 머물러 주세요."

선녀가 대답했다.

"우리는 인간 세상의 사람이 아니라 천상에서 해산을 담당하는 선녀입니다. 상제의 명을 받고 부인께서 아기 낳는 것을 도와드리러 왔습니다. 나중에 이 아기의 배필이 될 아기가 같은 시각에 남양 땅에서 태어났습니다. 시간이 없으니 그만 가겠습니다."

"선녀께서 저를 위해 이 누추한 곳에 오셨으니 감격스럽습니다. 그런데 이 아이의 배필 될 사람은 누구입니까? 이름이 무엇이며 어느 집 딸로 태어났나요?"

"그 아기의 천상 세계의 이름은 월궁소아이며, 인간 세상의 이름은 숙향입니다. 김전의 딸로 태어날 것입니다."

선녀는 대답을 마친 뒤 부인에게 하직 인사를 하고 떠났다. 부인은 이 일에 관해 기록해 두었다.

이 날 상서는 대궐에 머물렀는데, 밤에 왕씨에게 벼락이 치는 꿈을 꾸었다. 깜짝 놀란 상서가 꿈에서 깨어나, 혹시 부인에게 무슨 일이 일어난 것은 아닐까 걱정했다. 날이 밝자 상서는 조회를 하려고 조정으로 들어가서, 황제께 이 문제에 관해 여쭈어 보았다.

"간밤에 신의 처에게 벼락이 내리치는 꿈을 꾸었습니다. 분명 신의 집에 무슨 일이 있는가 싶습니다. 잠깐 집에 다녀오겠습니다."

황제가 물었다.

"그대의 부인이 혹시 잉태하였는고?"

위공이 아뢰었다.

---

* 사향머리 | 두 갈래로 땋은 머리.

"저희가 자식 없이 지내다가 늦게서야 태기가 있어 이제 바로 열 달이 다 됐습니다."

"짐이 밤에 하늘을 보니 태을성*이 남양 북촌으로 떨어졌더구려. 그 별이 반드시 그대의 집으로 들어간 듯하도다. 그대는 아기를 귀하게 길러 나중에 짐을 도울 수 있도록 하라."

위공이 은혜에 감사를 올리고 집으로 돌아오니, 과연 부인이 아들을 낳았다고 했다. 위공은 기쁨을 감추지 못했다. 그 아기의 얼굴을 보니 지난 꿈에 본 선관과 닮았다. 위공은 아기의 이름을 선이라 하고, 자는 태을이라고 지었다. 그리고 황제께 이 사연을 아뢰었다. 황제께서도 이 일을 축하하시며, 위공에게 후한 상을 내리시고 위공 부부의 벼슬을 높여 주셨다. 위공 부부에 대한 황제의 은총은 나날이 두터워져만 갔다.

선이 점점 자라나 세 살이 되었다. 이때부터 글을 가르쳤는데 총명하기가 이를 데 없었다.

선이 다섯 살이 되자 모르는 글이 없어 모든 책을 잘 읽었고, 일곱 살이 되자 멋진 필체로 글을 잘 지어 유명해졌다. 모두 "옛날의 뛰어난 문장가 두목지가 환생했다."며 칭찬했다.

선이 열여섯 살이 되자 공경대부*들과 천하의 부자들 중에서 사위로 삼으려는 사람이 많았다. 이들이 청혼하러 오는 모습은 마치 구름이 모여드는 듯했다. 그러나 선은 항상 "내 배필은 월궁소아가 아니면 안 된다."고 하였다. 위공은 마땅한 며느리를 얻지 못하는 것은 아닐까 근심했다.

하루는 선이 아버지께 여쭈었다.

"요사이 서울에서 과거 시험이 있다고 하오니, 소자도 구경하려고 합니다."

"너의 재주는 천하의 문장가 이적선에게도 뒤지지 않으니, 과거 시험을 본다면 급제할 것이 분명하다. 사람이 너무 일찍 과거에 급제하면 명이 짧은 법이니라. 네가 벼슬을 하면 앞으로 너를 자주 볼 수 없어 그리워질 것이니, 어찌할꼬? 그러니 아직은 가지 말아라."

선은 과거 시험도 응시하지 못하게 되자, 심심함을 달래기 위해 근처로 나아가 좋은 경치를 구경하기로 마음먹었다.

음력으로 삼월 보름날이 되자 선은 어린 종을 데리고 유람을 떠났다. 가는 길에 대성사라는 절을 지나가게 되었다. 선은 절 안으로 들어가 여기저기 구경한 뒤에 난간을 의지하여 잠깐 졸았다. 그때 비몽사몽간에 부처님이 나타나 이렇게 말했다.

"오늘 서왕모의 요지에 여럿이 모여 잔치를 연다고 하니, 나와 함께 가서 구경하자."

선은 기쁜 마음으로 사례하고 부처님을 따라갔다. 한 곳에 다다르니, 연꽃이 만발한 가운데 하늘에 닿을 듯한 누각이 높게 솟아 있는데, 기둥과 문, 창들이 인간 세상에서는 보지 못한 것이었다. 그 안에서는 수십 명이나 되는 선관과 선녀가 분주하게 다니고 있었다. 그 모습이 엄숙했다. 이를 본 대성사 부처님이 이선에게 말했다.

"저 북쪽에 오색 구름이 모여 있는 탑 위에 앉아 계신 분이 바로 옥황상제님이시다. 그 뒤에는 칠성님이 모든 별을 거느리고 앉아 계시는구나. 저기 저 동쪽 황금 탑 위에 앉아 계신 분은 월궁항아니라. 저기 서쪽 옥탑 위에 앉아 계시면서 수많은 선녀의 시위를 받고 계시는 분이 석가여래시다. 그분의 주위에서 모든 부처님과 선관, 관음과 나한이 호위하고 있느니라. 내가 먼저 안

---

* 태을성(太乙星) | 북쪽 하늘에 있는 별. 전쟁·재난·생사 등을 다스린다는 신령한 별.
* 공경대부(公卿大夫) | 벼슬이 높은 사람.

으로 들어가 자리를 잡을 테니, 그대는 내 뒤를 따라 들어와 옥황상제께 절을 올리고, 세존과 모든 선관에게 차례로 인사를 드리거라."

이선이 말했다.

"위엄 있는 모습이 엄숙하여 혹시 제가 실수하지 않을까 걱정입니다."

부처님은 미소를 띠며 소매에서 대추 같은 것을 꺼내어 선에게 주었다.

"이것을 먹으면 자연히 알게 되리라."

선이 그것을 받아먹으니, 과연 천상에서 태을성으로 지내다가 죄를 지어 인간 세상으로 귀양 온 일이 모두 다 기억났다. 누각 안에 앉아 계신 세존과 선관은 모두 천상 세계에서 친하게 지낸 분들이었다. 선은 반가운 마음을 감추지 못한 채, 부처님께 두 번 절하고 사례하며 말했다.

"이제서야 전생의 일이 모두 기억납니다."

부처님께서 먼저 안으로 들어가시기에, 선이 그 뒤를 따라 들어갔다. 선이 옥황상제께 공손히 절하고 모든 선관을 만나니, 모두 반갑게 맞이했다. 상제께서 말씀하셨다.

"태을아! 인간 세상의 재미가 어떠하더냐? 소아는 찾아보았느냐?"

이선이 엎드려 인사를 올리니 상제께서는 시녀를 명하여 반도 두 개와 계화 한 가지를 선에게 주라고 하셨다. 선이 존경의 마음으로 공손히 인사하며 그 선녀를 눈여겨보자, 선녀는 부끄러워하면서 급히 돌아섰다. 그 순간 선녀의 손에 껴 있는 옥지환의 진주가 떨어지더니 이선 앞으로 굴러왔다. 선은 가만히 한 손으로 진주를 주웠다. 바로 그때 대성사의 스님들이 재를 올리려고 석종을 울렸다. 선이 그 소리에 깜짝 놀라 깨어났다. 한낱 꿈이었던 것이다. 그러나 요지에서의 광경이 눈앞에 아른거리고 풍류 소리는 귀에 쟁쟁하며, 손에는 정말로 진주 하나가 쥐어 있었다. 이선은 이상하게 여기며 꿈에 본 일을 기록하고, 부처님 앞에 절을 올린 뒤 집으로 돌아왔다.

그 뒤 이선은 인간 세상의 부귀와 공명에 대한 뜻이 사라졌고, 매일 소아만 생각나서 스스로 글을 지어 마음을 위로하였다.

꿈을 찾아, 사랑을 찾아

그러던 어느 날, 밖에 있는 종 아이가 안으로 오더니 이렇게 고했다.

"밖에 남경 땅에서 왔다는 어떤 사람이 도련님을 꼭 뵈어야 한다면서 예단을 바쳤습니다."

선은 손님을 안으로 들이라고 했다. 그 손님은 전에 숙향의 수예품을 사간 조장이었다. 조장은 이선의 방으로 들어와 절하며 말했다.

"제가 얼마 전에 수놓은 족자 하나를 얻었는데, 인간 세상의 풍경을 수놓은 것이 아니라, 천상 세계 요지의 풍경입니다. 그동안 이 풍경에 어울리는 글을 얻으려고 천하의 문장가와 명필가를 찾아다녔지만, 마음에 드는 분을 만나지 못했습니다. 소문에 들으니 도련님이야말로 문장과 명필을 겸하셨다기에, 천리를 멀다 않고 찾아왔습니다. 도련님께서는 그토록 좋은 재주를 아끼지 마소서."

조장이 말을 마치고 족자를 내놓았다. 선이 자세히 살펴보니, 꿈에서 본 요지연 풍경이 분명했다. 족자에는 자기가 월궁항아의 진주를 줍는 모습이 역력히 그려져 있었다. 선은 깜짝 놀라서 족자를 얻은 곳이 어디인지 물어 보았다. 조장이 대답했다.

"어떤 사람이 팔고 있기에 그냥 산 것입니다."

선이 다시 보니 여러 선관이 모여서 노는 모습이 자기가 꿈에 본 모습과 조금도 다름이 없었다. 선은 반가운 마음으로 다시 그 족자를 얻은 곳을 물었다. 조장은 이런 생각이 들었다.

'도련님이 족자를 보고 놀라 어디서 났냐고 물으시니 참으로 이상하다. 혹시 그 할머니가 이 댁 족자를 훔쳐다 판 것이 아닐까?'

조장은 의아해하며 대답했다.

"도련님, 어찌하여 이 족자를 보시고 그토록 놀라십니까?"

"내가 전에 본 것이기에 놀라는 걸세. 그대는 이 족자를 구한 곳이 어디인지 조금도 속이지 말고 이르게."

그러자 조장은 감히 속이지 못하여 그대로 말했다.

"이화정에서 술을 파는 할머니에게 샀습니다."

"이것은 선비에게 어울리는 물건이라 자네에게는 어울리지 않네. 나에게 다른 좋은 족자가 있으니 서로 바꾸는 것이 어떤가?"

"저는 장사하는 사람이라 이익을 중요하게 여깁니다. 백금을 내고 샀으니 값을 더 주신다면 팔겠습니다."

이 말을 들은 선은 즉시 이백금을 주고 족자를 샀다. 그리고 전에 대성사에서 꿈을 꾸고 적어 둔 글을 족자 한 켠에 금빛 글씨로 적었다. 족자를 아름답게 만들어 잠자는 방에 걸어 두고, 아침저녁으로 바라보았다. 그러자 마치 요지에서 사는 듯한 기분이 들었다. 이후로 선의 마음은 항상 소아가 있는 곳을 찾으려는 생각뿐이었다.

하루는 이선에게 문득 이런 생각이 떠올랐다.

'나는 대성사 부처님을 따라 요지에 다녀왔지만, 수놓은 사람은 도대체 누구이길래 천상의 요지경을 알고서 이처럼 선명하게 수놓았을까? 그 사람은 반드시 비상한 재주를 가졌을 거야. 이화정에서 술 파는 할머니가 있다고 했으니, 그 할머니를 찾으면 수놓은 사람이 누구인지 자연히 알게 되겠지.'

이선은 족자의 주인을 찾아서 곧바로 이화정으로 찾아갔다.

음력으로 칠월, 가을이 되었다.

숙향은 누각 위에서 수를 놓고 있는데, 어디선가 파랑새 한 마리가 석류꽃 한 가지를 물고서 날아왔다. 그 새는 숙향의 앞에 앉아 있다가 북쪽으로 날아 갔다. 숙향은 이상한 생각이 들어서 그 새가 어디로 가는지 보려고 주렴을 걷었다. 창 밖으로 어떤 소년이 머리에는 소요관*을 쓰고 채색 옷을 입고서 푸른 노새를 타고 할머니 집을 향해 오는 것이 보였다. 자세히 보니 그 사람은 바로 지난 꿈에 요지에서 반도를 받다가 진주를 가져간 선관인 듯싶었다. 숙향은 마음속으로 매우 반가웠으나, 한편으로는 놀라 주렴을 내리고 가만히 앉아 있었다.

소년은 할머니 집 문 밖에 다가와 주인을 찾았다. 할머니가 밖을 내다보니 어떤 귀공자가 북쪽에 사는 이상서의 아들이라며 자기를 소개했다. 할머니는 소년을 안으로 맞아들인 뒤 초당에 들어가 자리를 내어 주며 말했다.

"도련님께서 누추한 저희 집에 오시다니 감격스럽습니다."

도령이 말했다.

"이리로 지나는 길에 할머니네 술이 좋다는 말이 생각나서 들어왔습니다. 제가 술 한 잔 마실 수 있는지요?"

할머니가 웃으며 말했다.

"우리 집에는 좋은 술이 있답니다. 이 늙은이가 그동안 함께 나눌 벗을 만나지 못해 마시지 못했지요. 천만다행으로 오늘 도련님을 만났으니 종일토록 마셔 보십시다."

할머니는 안으로 들어가더니 자개상에 갖가지 음식을 차려 오색 접시에 담아 왔다. 가만히 살펴보니 그 음식들은 인간 세상에 없는 것이었다. 이선은 속으로 수상하다는 생각이 들었지만, 할머니가 취한 뒤에 물어 보리라고 생각했다. 이선이 반쯤 취하자 할머니가 먼저 웃으면서 말했다.

"도련님은 승상 댁 귀공자시라 인간 세상의 팔진미를 많이 드셨겠지요. 이 음식들이 비록 볼품 없지만 한번 드셔 보세요."

"이 음식들은 인간 세상에서 보지 못한 것이라 염려되는군요. 어디서 난 것인지 근본을 알았으면 합니다."

"늙은 몸이 할 일 없어 여기저기 다니다가 얻어 온 음식이랍니다. 저도 무슨 음식인지는 잘 모릅니다. 한번 드셔 보세요."

"옛말에 이르기를, 이름 모르는 음식은 먹지 말라고 했다네. 할머니가 음식들에 대해 알고 있거든 속이지 말게."

할머니가 웃으며 말했다.

"유리 접시에 담긴 것은 야광초*인데, 동해 용왕 집에서 얻어 온 것입니다. 산호 접시에 담긴 것은 금광초*인데, 영주* 구로선*에게 얻어 왔습니다. 호박 접시에 담긴 것은 신광초*인데, 천태산에 사는 마고 선녀 집에서 얻어 왔지요. 대모* 접시에 담긴 것은 천광초*인데, 만수산*에 사는 신선 집에서 얻어 왔습니다. 차린 것은 없사오나 드셔도 나쁘지는 않을 것입니다. 낭군께서는 의심하지 마시고 한번 드셔 보세요."

이선이 말했다.

"할머니 말이 허황된 듯하나 실상을 알지 못하겠구려."

할머니가 웃으며 말했다.

"저 산호 접시에 담은 것이 반도랍니다. 요지의 서왕모 집에서 얻어 왔지

---

* 소요관(逍遙冠) | 선비들이 산책할 때 쓰는 두건.
* 야광초(夜光草) | 신비의 풀 이름. 원문의 '양관초'는 알려져 있지 않다. 『숙향전』의 다른 이본에는 '일광채'로 되어 있다.
* 금광초(金光草) | 신선이 먹는다는 풀 이름. 명경초(明莖草)의 일종.
* 영주(瀛州) | 중국의 진시황(秦始皇)과 한무제(漢武帝)가 불로초(不老草)를 구하러 사신을 보냈다는 신선의 땅.
* 구로선 | 신선의 이름. 문헌상에는 알려져 있지 않다.
* 신광초(神光草) | 신선이 먹는다는 신이한 풀로 불가사의한 빛을 낸다.
* 대모(玳瑁) | 바다거북과의 거북이. 갈색 바탕에 검정색 구름무늬가 있다.
* 천광초(天光草) | 신선이 먹는다는 전설 속의 풀.
* 만수산(萬壽山) | 중국 북경(北京) 북서쪽 교외에 있는 명승지.

요."

"반도란 말을 들으니 더욱 의심이 듭니다. 할머니 말씀은 진실하지 못한 듯하오. 할머니는 인간 세상의 사람인데 음식을 얻어 왔다는 용궁이나 방장*, 만수산, 천태산, 영주와 요지는 모두 신선이 산다는 선경이 아닌가? 진시황*이나 한무제* 같은 천하의 황제도 감히 그곳에 갈 수 없었는데, 할머니의 기력으로 어찌 그곳에 다녀왔다고 하는가?"

할머니는 큰소리로 웃으며 말했다.

"제가 비록 기력은 없사오나, 삼신산*이며 사해 팔방으로 다니지 않는 곳이 없답니다. 그런데 낭군께서는 어찌 구차하게 남의 안내를 받아 다니시나요?"

"내게는 천 리를 다니는 노새가 있어, 가고 싶은 곳이 있으면 어디든지 마음대로 다닌다네. 할머니는 어찌하여 내가 남의 안내를 받아 다닌다고 하는가?"

할머니는 큰소리로 웃으며 말했다.

"낭군께서 천 리 노새를 갖고 계시다면, 어찌하여 요지에 가실 때 그 노새를 타지 않고 대성사 부처님을 따라가셨습니까?"

이선은 할머니가 자신의 꿈 내용을 알고 있다는 것이 무척 신기했다. 이선은 자기도 모르게 할머니께 절을 하고서 말했다.

"할머니 말씀이 지극히 황공하옵니다. 과연 저번에 산으로 유람을 갔다가 꿈속에서 요지에 다녀왔습니다. 그런데 할머니는 어떻게 그 일을 알고 계십니까?"

"낭군께서 저보고 근력이 없다시지만, 저는 선경을 지척*같이 다닌답니다. 낭군께서는 상제께서 주신 반도와 계화를 누구에게 주었으며, 소아는 어찌하셨습니까?"

"꿈은 다 헛된 것이라 어떻게 대답해야 할지 모르겠소."

할머니가 웃음을 머금고 말했다.

"그것이 꿈이었다니, 저도 자세히는 모르지만, 조장이 가져간 수예품도 꿈이란 말입니까?"

이선은 더욱 어리둥절하고 당황하여 얼마 전 대성사 부처님을 따라간 일과 조장에게 족자를 받은 일을 이야기하였다. 그리고 할머니에게 속마음을 털어놓았다.

"소아가 인간 세상으로 내려왔다고는 하나, 어디로 갔는지 알 수 없었습니다. 오늘 제가 할머니 집에 찾아온 이유는 그 수예품을 할머니가 팔았다고 들었기 때문입니다. 누가 그 수를 놓았는지 알고 싶을 따름입니다."

할머니가 웃으면서 말했다.

"소아가 있는 곳은 제가 알지요. 낭군께서는 소아를 찾아서 무엇하려고 하십니까?"

"소아는 하늘이 나의 배필로 정한 사람입니다. 꼭 찾아야 합니다."

"소아를 낭군의 배필로 삼으려거든 아예 찾지도 마소서."

이선이 놀라서 물었다.

"그 무슨 말인지요?"

"낭군은 상서 댁 귀공자이십니다. 가문과 부귀가 천하의 으뜸이니, 임금님의 사위가 되지 않는다면 아마도 높은 벼슬을 한 가문의 아름다운 사위가 될 것입니다. 그런데 어찌하여 가엾은 소아를 찾아 배필로 삼겠다고 하십니까?"

"소아에게 혹시 무슨 허물이 있습니까?"

* 방장(方丈) | 신선이 산다는 삼신산(三神山)의 하나.
* 진시황(秦始皇) | 중국 최초의 중앙집권적 통일제국인 진(秦)나라를 건설한 전제군주. 만년에는 불로장생의 선약을 구하려 하였다.
* 한무제(漢武帝) | 중국 전한(前漢) 제7대 황제로 불로장생을 믿었다.
* 삼신산(三神山) | 중국 전설에 나오는 봉래산, 방장산, 영주산을 통틀어 이르는 말. 진시황과 한무제가 불로불사약을 구하려고 동남동녀 수천 명을 보냈다고 한다.
* 지척(咫尺) | 아주 가까운 거리.

"소아는 천상에서 무거운 죄를 짓고 인간 세상으로 내려와 미천한 소인의 자식이 되었지요. 다섯 살에는 난리중에 부모와 헤어져 거지가 되었습니다. 정처 없이 다니던 중에 도적을 만나 칼을 맞고 한 쪽 팔을 잃었습니다. 그뿐 아니라 표진강에 빠져 죽게 되었는데, 행인이 구출하여 다행히 목숨은 건졌지요. 하지만 두 눈은 청맹과니*가 되었습니다. 게다가 갈대밭에서 잠깐 잠든 사이 화재를 만나 한 쪽 다리를 절게 되었지요. 후토 부인을 모신 성황당을 덧내는 바람에 두 귀까지 먹어 입만 남았답니다. 그 몸은 마치 병든 거지와 같습니다. 낭군께서 소아를 찾더라도 쓸데없이 된 것입니다."

"전생에 얼마나 무거운 죄를 지었기에, 그다지도 참혹하게 병들었단 말입니까?"

"소아는 원래 월궁선녀였습니다. 태을선군과 더불어 상제를 가까이 모시면서 서로 글을 지어 화답하는 사이였지요. 그런데 옥토끼*의 약을 훔치는 큰 죄를 저지르는 바람에, 이렇게 병이 들어 근심 많은 신세가 되었답니다."

이선이 한숨을 지으며 말했다.

"소아와 나의 연분이 진실로 두텁다면, 설령 소아가 병들었다고 한들 어찌 상관하겠소? 할머니는 내게 소아가 있는 곳만 가르쳐 주시게. 내가 찾아보리다."

"비록 소아를 찾는다 하더라도, 그런 병든 몸으로 어찌 상서님 댁 며느리가 되겠습니까? 공연히 마음만 괴로울 테니 찾지 마세요."

"부모님께서 소아와의 혼인을 허락하지 않으시고, 벼슬이 높은 부잣집에서 아내를 구하라고 하셔도, 나는 소아가 아니면 맹세코 장가들지 않겠네. 그러니 소아가 있는 곳과 그 이름을 자세히 가르쳐 주게."

"소아가 이곳에 왔다가 떠난 지 이미 오래되었습니다. 지금은 어느 곳에 있는지 자세히 알 수 없습니다. 만일 남양 땅에 사는 김전의 집으로 찾아가셨다가, 그곳에 없다고 하거든 남군 땅 장승상 댁으로 찾아가 보세요. 소아의 인간 세상에서의 이름은 숙향이라 합니다."

이 말을 들은 이선은 곧바로 할머니에게 하직 인사를 하고 집으로 돌아왔다.

이선은 부모님을 속여 이렇게 말했다.

"형주 땅에 뛰어난 문장가가 모여 있고 천하의 유명한 선비와 학자가 많다고 합니다. 소자도 그곳에 가 보려고 합니다."

이선은 천 리 노새에 황금 백 냥을 싣고서 바로 남양 땅 김전의 집으로 찾아갔다.

그 집에서 어떤 백발 노인이 나오더니 누구냐고 물었다. 이선이 대답했다.

"저는 낙양 북촌에 사는 이위공의 아들 이선입니다. 김전 어르신을 만나러 왔습니다."

노인이 말했다.

"김전 어르신은 운수 선생의 아드님이십니다. 운수 선생의 도덕이 높으신지라 황제께서 이부상서의 벼슬을 내리시어 여러 번 부르신 적이 있었지요. 하지만 그분께서는 굳이 사양하고 벼슬길에 나오지 않았습니다. 도리어 그분은 그 길로 산으로 들어가서서 도를 닦다가 세상을 떠났습니다. 이 사실을 아신 황제께서는 김전 어르신이 어진 사람의 자손이라 하시며 특별히 명을 내리셔서 낙양 수령의 벼슬을 주셨지요. 그런 까닭으로 김전 어르신께서는 지금 낙양의 수령으로 계십니다. 그런데 도련님께서는 무슨 일 때문에 먼 곳에서 오셔서 그분을 찾으십니까?"

* 청맹(靑盲)과니 | 겉으로 보기에는 눈이 멀쩡하나 앞을 보지 못하는 눈. 혹은 그런 사람.
* 옥토끼 | 달 속에 산다는 전설 속의 토끼.

"김전 어르신 때문에 이리로 온 것이 아닙니다. 이 집에 숙향 낭자가 있다기에 만나러 왔습니다."

"숙향 낭자는 김전 어르신의 따님인데, 다섯 살에 난리를 당하여 그 부모님이 반야산 바위틈에 두고 달아난 후로 지금까지 생사를 알지 못한답니다."

"노인께서는 김전 어르신과 어떤 사이인지요?"

"저는 그 댁에서 살던 종입니다."

이선은 더 묻지 않고 곧바로 남군 땅에 사는 장승상 댁으로 찾아갔다. 그 집에 다다라 장승상이 안에 계신지 물어 보았다. 그러자 승상이 직접 나와서 이선을 맞이했다. 승상은 이선을 안으로 데리고 들어가 자리를 권한 뒤 말했다.

"공자께서는 무슨 연고로 이토록 누추한 곳에 오셨는지요?"

"소자는 낙양 북촌에 사는 이위공의 아들입니다. 남양 땅에 사는 김전 어르신의 따님 숙향 낭자가 어르신 댁에 있다고 들었기에, 이렇게 직접 찾아와 뵙고 청혼하려고 합니다."

이 말을 들은 승상은 갑자기 눈물을 흘리며 말했다.

"숙향이 다섯 살 때 어떤 짐승이 그 애를 업어다가 우리 집 동산에 두고 갔지요. 마침 우리에게 자식이 없는지라 십 년 동안 길렀답니다. 그런데 사향이라는 계집종이 숙향을 모해하여 쫓아냈습니다. 우리가 듣기로는 숙향이 표진강가로 갔다고 하기에, 사람을 보내어 찾아보게 했지요. 하지만 간 곳을 알 수 없었습니다. 우리는 지금까지도 그 애의 생사를 알지 못해 밤낮으로 서러워하며 지낸답니다."

말을 마친 승상은 눈물을 거둘 줄 몰랐다. 이선이 위로의 말씀을 올렸다.

"소자는 정녕 댁에 있는 줄로만 알고 왔습니다. 제가 비록 미천한 선비지만 훗날에도 어르신을 잊지 않을 것입니다. 상공께서는 너무 슬퍼하지 마소서."

승상이 말했다.

"숙향이 비록 친자식일지라도 감히 이위공과 사돈이 되기를 바라지는 못할 것입니다. 하물며 잃어버린 그 애를 찾아 이위공께서 며느리로 삼으신다면 늙은 이 몸으로서는 이보다 더한 은혜가 없을 것입니다. 공자님의 풍채와 기상을 보니 우리 숙향과 잘 어울리는 아름다운 분이십니다. 제가 어찌 그 은혜를 잊겠습니까?"

"제가 듣기로는 숙향 낭자가 병이 들었다고 했습니다. 혼자 제대로 걷기도 힘들다던데, 비록 사향의 구박을 받아 쫓겨났다지만, 홀로 어디를 갔겠습니까?"

"그 무슨 말씀이십니까? 이리로 와 보시지요. 이 늙은이의 안사람이 숙향과 헤어진 이후로 밤낮으로 그 애를 잊지 못하여 서러운 마음으로 지내고 있습니다. 저로서는 행여라도 안사람이 병이 날까 걱정되었지요. 그런데 얼마 전 누군가 숙향의 초상화를 그려간 사람이 있다기에, 그 사람을 찾아서 비싼 값을 주고 그림을 사다가 제 안사람에게 주었답니다. 안사람은 그림을 벽에 걸어 두고는 밤낮으로 바라보면서, 마치 숙향이 살아 있는 것처럼 지내고 있습니다. 공자님께서 제 말이 믿기지 않으시면 직접 들어가 보시지요."

승상은 이선의 손을 이끌고 부인의 침실로 들어갔다. 과연 그 방에는 족자가 하나 있는데, 한 여자 아이가 손에 모란꽃을 쥐고 서 있는 모습이 그려져 있었다. 그림 속의 여자 아이는 꿈속의 요지에서 이선에게 반도를 준 선녀의 얼굴과 비슷했다. 이선은 설레는 마음을 진정할 수 없어서 물어 보았다.

"제가 듣기로는 숙향 낭자가 병들어 한 쪽 눈이 멀고, 한 쪽 다리를 전다고 했습니다. 그런데 저 그림 속 여인은 아픈 흔적이 하나도 없으니 어찌 된 일입니까?"

이 말을 들은 승상이 말했다.

"숙향은 본래 병이 없습니다. 게다가 저 그림은 그 아이가 열 살 되기 전에 그런 것입니다. 그 후로는 훨씬 더 아름답고 성숙해졌지요."

"소자가 숙향 낭자를 위하여 천 리를 지척 삼아 왔사온데, 낭자를 만나 보지도 못한 채 돌아가게 되었습니다. 어르신께서 저 그림을 저에게 주신다면 그 은혜가 무궁할 것입니다. 그림 값을 후하게 드려야겠지만, 지금 제가 가진 것이 많지 않기에 황금 백 냥만 드리겠습니다. 저 그림을 저에게 주십시오."

"공자님의 말을 들으니 그 정성이 지극합니다. 이 늙은이의 안사람이 허락만 한다면 어찌 값을 의논하겠습니까? 하지만 제 안사람에게 저 족자마저 없어진다면 분명 병들어 죽을 것입니다. 안타깝지만 공자님의 청을 들어드릴 수가 없습니다."

이선은 하는 수 없어 표진강가로 나와 두루 찾아보았지만, 숙향의 자취는 찾을 수 없었다.

그때 어디선가 한 노인이 다가오더니 이선에게 말을 걸었다.

"삼 년 전에 모습이 그와 같은 여자 아이가 이리로 왔지요. 장승상 댁에서 사향의 모함을 받아 쫓겨났다면서 이 물속에 뛰어들었습니다."

이선은 노인의 말을 곧이듣고 슬픈 마음을 가누지 못하여, 가져온 금을 팔아서 향과 촛대를 마련한 뒤 제사를 지내 주었다.

갑자기 위쪽에서 피리 소리가 들려오기 시작했다. 이선이 그쪽을 바라보니 동자 한 명이 머리에 연꽃을 꽂고 조각배 한 척을 타고 화살처럼 빨리 다가왔다. 이선은 동자에게 어디로 가야 하는지 물어 보려고 했다. 그런데 동자가 먼저 말을 건넸다.

"낭군께서 숙향을 보시려면 이 배에 오르소서."

이선은 숙향을 만날 수 있다는 말을 듣고, 반가운 마음에 즉시 노새와 함께 배 위에 올랐다. 동자가 배를 돌려 놓고 피리를 불자 저절로 움직였다. 배는 화살처럼 빨리 움직여 한 곳에 이르렀다. 동자가 피리 연주를 멈추고 말했다.

"나는 이 물을 지키는 신령입니다. 저번에 숙향이 이 강가에 와서 빠져 죽으려 하기에 구하여 저쪽 길로 보냈습니다. 낭군께서도 저 길로 가 보소서."

이선이 몸을 굽혀 동자에게 사례하는 동안, 동자는 벌써 간 곳 없이 사라졌다.

이선은 노새를 타고 동자가 가르쳐 준 길로 걸어갔다. 드넓은 들판이 막막히 펼쳐 있는데, 사람의 자취는 보이지 않았다. 이선은 어디로 가야 할지 몰랐지만, 물어 볼 사람도 없었다. 이선이 어찌할 바 몰라 방황하는 차에, 스님 한 분이 지나갔다. 이선이 길을 묻자 스님이 대답했다.

"이 앞 바위 위에 앉아 계신 노인이 화덕진군입니다. 그분께 찾아가 지성으로 빌면 길을 가르쳐 줄 것입니다. 도련님께서 만나고 싶어하는 사람도 만나도록 주선해 줄 것이니 그리로 찾아가시지요."

이선이 감격하여 사례하고자 했으나, 스님은 벌써 간 곳 없이 사라진 뒤였다. 이선은 이상히 여기면서도 노새를 재촉하여 갈대밭 속으로 찾아갔다.

시냇가 소나무 아래에 있는 바위 위에 어떤 할아버지가 앉아 있는데, 노끈으로 만든 감투를 비스듬히 쓴 채 졸고 있었다. 이선이 그리로 나아가 할아버지께 두 번 절을 했다. 그러나 할아버지는 못 본 척했다. 이선은 민망한 마음이 들어 그 자리에 꿇어앉아 땅에 엎드린 채 간절히 빌었다.

"저는 지나가는 나그네입니다. 길을 잘 몰라서 한 말씀 여쭙겠습니다."

할아버지는 가늘게 눈을 뜨고서 이렇게 말했다.

"내가 귀가 먹었느니라! 큰소리로 말하라!"

이선은 큰소리로 외쳤다.

"저는 낙양 땅에 사는 이위공의 아들 이선입니다. 남양 땅에 사는 김전 어르신의 따님 숙향 낭자와 전생의 연분이 있다고 하기에, 천 리를 멀다 하지 않고 찾아다니는 중입니다. 그런데 숙향 낭자가 어디로 갔는지 알지 못하여 헤매다가, 우연히 어르신께서 숙향 낭자가 있는 곳을 알고 계시다는 말을 들었습니다. 감히 묻사옵니다. 숙향 낭자는 어디에 있습니까?"

할아버지가 얼굴을 찡그리며 말했다.

"나는 너를 본 적도 없고 숙향이라는 이름도 들은 바가 없다. 너는 어디서 온 사람이기에 이 깊은 갈대밭에 들어와서 단잠을 깨워 놓고 싱숭생숭한 말만 하느냐?"

이선이 다시 절하고 말했다.

"표진강을 지키시는 신령님께서 가르쳐 주셨기에 이리로 찾아왔습니다. 어르신께서는 저의 가련한 심정을 생각하시어 제발 속이지 마십시오."

할아버지가 말했다.

"저번에 어떤 여자 아이 하나가 표진강에 빠져 죽었다고 들었느니라. 표진 용왕이 그대에게 제사를 받아먹고서, 할 말이 없으니까 공연히 잘못된 말을 하였도다."

"숙향이 과연 장승상 댁에서 쫓겨나 표진강에 빠졌는데, 용왕님께서 구해 주시어 이 길로 보냈다고 하옵니다."

"그렇다면 저번에 이리로 와서 불에 타 죽은 아이로다. 그 아이가 보고 싶다면 저쪽에 있는 재 속에서 뼈나 찾아보고 가거라."

이선이 그곳으로 가 보니 타 버린 옷만 있고 뼈 같은 것은 없었다. 이선은 다시 할아버지에게 다가와 말했다.

"진정 숙향 낭자가 여기로 와서 불에 타 죽었다면 타 버린 의복만 있고 뼈가 없겠습니까? 할아버지께서는 저를 속이지 마시고, 제발 올바로 가르쳐 주십시오."

할아버지는 꾸벅꾸벅 졸다가 이렇게 말했다.

"네 정성이 지극하도다. 정성이 갸륵하니 내가 잠시 잠든 뒤에 꿈속에서 숙

향이 어디 갔는지 알아보고 오겠다. 그동안 너는 두 손으로 내 발바닥을 비비
거라."

말을 마치자 할아버지는 잠이 들었다. 이선은 할아버지가 시키는 대로 할
아버지의 발바닥을 비볐다. 날이 저물어 해가 서산 너머로 떨어지자, 비로소
할아버지가 잠에서 깨어나 말했다.

"내가 너를 위해 친히 후토 부인을 찾아가서 물어 보았느니라. 숙향은 마
고 할머니가 데려가 낙양 땅의 동촌에 있는 이화정에서 산다고 하기에, 그리
로 찾아가 보았느니라. 숙향이 누각 위에 앉아 난새와 봉새를 수놓고 있더구
나. 그래서 내가 불덩이 하나를 내려 보내 수놓인 봉새의 날개 부분을 약간
태우고 왔느니라. 너는 마고 할머니를 찾아가서 숙향을 만나 보거라. 숙향이
수놓은 것을 살펴보고 봉새 날개가 탄 것을 보면, 내가 꿈에서 그리 해놓은
줄 알라."

"제가 처음에 이화정으로 할머니를 찾아갔는데, 그 할머니는 숙향 낭자를
찾으려거든 남양 땅에 사는 김전 어르신 댁으로 가 보라고 했습니다. 그래서
김전 어르신 댁으로 찾아갔지만 숙향 낭자를 만나지 못했습니다. 그 길로 남
군 땅에 사는 장승상 댁을 다녀서 표진강까지 갔다가 여기까지 왔는데, 다시
이화정에 있다고 하시니, 그렇다면 그 할머니가 저를 속여서 이토록 고생하
게 만든 것이었습니까?"

할아버지가 웃으며 말했다.

"마고 할머니는 보통 사람이 아니니라. 반드시 네 정성을 시험해 보려고 속
였을 것이니, 그 할머니를 다시 찾아가 정성껏 빌면 숙향의 얼굴을 볼 수 있
을 것이다. 그러나 만일 그대의 부모가 이 일을 알게 되면 숙향은 큰 변고를
당할 것이니 삼가 조심하라."

이선은 감사한 마음으로 할아버지께 여러 번 절을 하고 돌아섰다. 그러나

할아버지는 이미 사라진 뒤였다. 이선은 이상하게 여기면서 집으로 돌아왔다.

부모님이 이선에게 그간의 행적을 물었다.

"너는 그토록 오랫동안 어디에 다녀왔단 말이냐?"

이선이 대답했다.

"소자, 벗도 찾아보고 산수도 구경하며 다니느라 자연히 오래 걸렸습니다."

이화정의 할머니는 숙향에 대한 이선의 진심을 시험해 보고 싶었다. 그래서 이선에게 숙향에 대해 모두 거짓으로 일러주고, 숙향이 다른 곳에 있다고 속인 것이었다.

할머니는 숙향의 마음도 떠보려고 물어 보았다.

"아까 왔던 소년을 보셨습니까?"

"보지 못했습니다."

"그 소년은 전생에 옥황상제 앞에서 모든 별을 헤아리는 일을 하던 태을성입니다. 이승에서는 이상서의 귀한 아들이 되었지요. 그분이 낭자의 배필이 됨직하오나, 다만 전생에 죄를 지어 한 쪽 팔과 한 쪽 다리를 저는지라, 모습이 매우 불쌍하지요."

"그 공자님이 진실로 태을선군이라면 비록 두 눈이 멀고 참혹한 병에 걸렸다 한들 무슨 상관이겠어요? 다만 할머니께서는 그분이 전생의 태을선군이라는 것을 어떻게 아시는지 궁금할 따름입니다."

"아까 그 소년의 말을 들으니 대성사 부처님을 따라 요지에 가서 반도와 계화를 받았다고 하더군요. 조장에게 판 수예품을 보더니 요지경을 그렸다는 이유만으로 비싼 값을 주고 샀다고 했습니다. 이 모든 것은 그 공자님이 태을선군이라는 증거지요."

"세상사는 알지 못하는 법입니다. 할머니께서는 자세히 살펴보세요."

"제가 그 소년의 정성을 시험해 보려고 몇 가지를 속여서 일러주었지요. 구태여 낭자를 찾으려거든 남양 땅과 남군 땅으로 찾아가라고 했습니다. 만일 정말로 태을선군이라면 분명히 그곳에 다녀올 것입니다."

"비록 그곳에 다녀온다고 해도 그대로 믿지 마세요. 요지연에서 태을선군이 제 옥지환에 박힌 진주를 가져갔으니, 그분이 정말 태을선군이라면 제 진주를 갖고 계실 거예요. 그것을 확인해야만 제 몸을 허락하겠습니다."

"낭자의 말이 옳습니다."

할머니는 숙향의 말을 따르기로 했다.

하루는 숙향이 누각 위에서 난새와 봉새를 수놓는데, 우연히 불덩이 하나가 바람결에 떨어져 봉새의 날개 부분이 타 버렸다. 깜짝 놀란 숙향이 할머니를 불러 불에 탄 부분을 보여 주었다. 할머니가 말했다.

"이곳에 불난 곳이 없다면, 화덕진군이 재주를 부렸을 것입니다. 이 일은 나중에 자연히 알게 될 것입니다."

이선은 집으로 돌아와 깨끗하게 목욕하고서 몸가짐을 바르게 했다. 그리고 요지에서 얻은 진주와 조장에게 산 족자 그리고 황금 한 냥을 가지고 이화정의 할머니를 찾아갔다.

할머니는 마침 문 앞에 서 있다가 이선을 보더니 반갑게 맞았다. 그리고 이선을 초당으로 데리고 들어가 자리를 권한 뒤 말했다.

"저번에 공자님과 함께 한껏 마시고 취했던 술이 어저께서야 깨었답니다. 해장을 하려 해도 늙은이 혼자 먹기 싫어 그냥 있었지요. 오늘 이렇게 공자님을 다시 만나니 취하도록 마시고 놀아 보십시다."

"전에 우연히 이리로 왔다가 할머니가 권하는 술을 많이 마시고 지금까지 술값을 갚지 못했네. 그때 내가 할머니의 말을 곧이곧대로 듣고, 남양에서 남군으로, 표진강에서 갈대밭으로 두루 다녔지만 소아의 자취를 찾을 수 없었다네. 이리저리 헤매다가 어저께서야 집에 돌아왔다오. 이제 황금 한 냥을 가져왔으니 미처 갚지 못한 술값으로 여기고 받게나."

이선이 황금 한 냥을 드리자 할머니가 말했다.

"주신 것이니 사양하지 않고 받겠습니다. 비록 제 집이 가난하다지만, 사실은 술독 아래에 술이 솟아나는 샘이 있고, 그 위에는 술을 담당하는 별이 지키고 있어, 항상 술이 가득하답니다. 그러니 한잣 두 잔 술에 무슨 값을 받겠습니까? 낭군께서 반드시 바라는 일이 있어, 그 일을 빌미 삼아 이 돈을 주신 듯합니다. 낭군께서는 누구를 위하여 그토록 먼 길을 다녀오셨습니까?"

이선이 한숨을 길게 쉬더니 대답했다.

"숙향 낭자를 위해 다녀왔다네."

"낭군은 진실로 신사이십니다. 그런 병든 몸을 위해 천 리를 지척 삼아 다녀오시다니, 숙향이 이 사실을 알면 감격할 것입니다."

"숙향 낭자를 만나 보았다면 혹시 감격할까 싶지만, 자취도 보지 못하고 왔으니, 어찌 감격하겠는가?"

할머니가 거짓으로 놀라는 척하며 말했다.

"숙향이 벌써 다른 사람의 배필이 되었는데 만나지 못하셨습니까?"

"얼굴도 보지 못하고 왔다네. 하지만 갈대밭에 이르니 화덕진군이라는 노인이 이르기를 낙양 동촌 이화정의 마고 할머니가 데려갔다고 하더군. 숙향 낭자가 누각 위에서 난새와 봉새를 수놓고 있기에 봉새 날개 끝을 태워 놓았으니, 그 할머니를 다시 찾아가 확인해 보라고 했다네. 그런데 낙양 동촌의 이화정은 여기밖에 없지 않은가? 자네가 숙향 낭자를 집에 두고서도 나를 속여 일부러 멀리 헤매 다니며 고생하게 만든 듯하니, 왜 그리 나를 속였는가? 도저히 이해할 수 없는 일일세."

할머니가 정색을 하고 말했다.

"낭군의 말씀은 진실하지 않습니다. 화덕진군은 남천문 밖에서 불을 다스리는 신선인데 낭군께서 어떻게 그분을 만나셨단 말씀입니까? 마고 할머니도 천태산에서 약초를 캐는 선녀인데 어찌 인간 세상에 있는 낙양 땅 동촌 이화정에 있겠습니까? 꿈 같은 말씀일랑 하지 마세요."

"어찌하여 거짓말이라고 하는가? 화덕진군이 분명히 나에게 이르기를, 이화정 할머니 집에 가 보니 숙향 낭자가 난새와 봉새를 수놓고 있기에 불 한 덩어리를 내려 보내 봉새의 날개를 태우고 왔다고 했다네. 만일 마고 할머니가 이 말을 믿지 않는다면, 날개가 탄 봉새의 수예품을 보라고 하였는데, 할머니는 어째서 나보고 진실하지 않다고 하는가?"

"그렇다면 동촌 이화정이란 곳이 어딘가에 또 있는 모양입니다. 낭군께서 이처럼 지성으로 숙향을 찾으시는데, 숙향이 제 집에 있다면 무엇 때문에 속이겠습니까? 숙향 또한 이토록 자취 없이 숨을 수 있겠습니까?"

이 말을 듣자 이선은 막막해져서, 술 마실 생각조차 나지 않았다. 이선은 한숨을 길게 내쉬고 탄식했다.

"삼산과 사해를 다 돌아다니며 숙향을 찾았는데도, 끝내 그 종적을 알 수 없다면, 차라리 이 몸이 죽어 혼백이 되어 숙향의 얼굴을 볼 수밖에 없겠네."

이선이 말을 마치고 가려 하자, 할머니가 말했다.

"낭군께서는 상서 댁의 귀공자이십니다. 아름다운 배필을 뜻대로 얻어서 향내 나는 방에 사시면서, 사계절 좋은 날을 함께 즐길 수 있을 텐데, 구태여 칙칙하게 병든 몸을 찾아내어 천금같이 귀한 몸을 괴롭히려 하십니까?"

"나는 부귀를 얻으려고 배필을 얻으려는 것이 아닐세. 전생의 일을 몰랐다면 어찌 이런 생각을 하였겠나? 하지만 숙향 낭자가 하늘이 정해 준 배필이라는 걸 안 이상, 이제 내겐 숙향 낭자뿐일세. 다른 배필은 필요 없다네. 숙향 낭자도 나 때문에 인간 세상으로 내려와 병들고 빈천하게 되었다고 하니, 내 아무리 무심하다 한들 어찌 찾지 않겠는가? 내 맹세코 숙향 낭자를 찾지 못한다면 영원히 인간 세상을 떠날 생각이네."

"낭군께서는 너무 심려치 마소서. 고진감래*라고 하였사오니, 제가 두루 찾아보고 숙향이 어디로 갔는지 알아보아 기별해 드리겠습니다. 낭군께서는 어떻게 하면 숙향을 찾을까 궁리하지 마시고, 댁으로 돌아가 편안히 계십시오. 그리하오면 자연히 알게 되시리다."

이선이 기쁜 마음으로 사례하며 말했다.

"내 목숨은 할머니에게 달려 있으니, 나를 위해 이 목숨을 살려내시게."

이선은 집으로 돌아와 조장에게 얻은 족자만 바라보며 슬픈 마음을 가누지 못했다.

---

* 고진감래(苦盡甘來) | 쓴 것이 다하면 단 것이 온다는 뜻으로, 고생 끝에 즐거움이 옴을 이르는 말.

비밀스런 혼례식

하루는 이선이 피곤한 마음으로 문 밖을 배회하다가, 마침 이화정 할머니가 찾아오는 것을 보았다. 이선은 반가운 마음을 금할 수 없어 할머니를 데리고 들어와 온갖 음식을 권하며 말을 건넸다.

"할머니는 어디에 가셨다가 오시는 길인가?"

"공자님을 위하여 그동안 숙향을 찾아다녔답니다."

"어디 어디에 가 보았는가?"

"그동안 숙향이라는 이름을 가진 사람을 셋이나 만났답니다. 낭군은 그 중에서 한 명을 선택해 혼인하세요."

"어디서 만났으며, 나이는 몇이던가? 어느 집 딸이라고 하던가?"

"한 사람은 병부시랑* 황권의 딸로 네 살이었지요. 다른 사람은 간의대부* 벼슬에 있는 지담의 딸인데, 열여덟 살이었습니다. 또 다른 사람은 빌어먹고 다니는 아이로 열여섯 살이었는데, 제 부모의 근본을 모르더이다. 이 늙은 몸이 도련님을 위해 구차함을 생각하지 않고 여기저기 다니면서 혼인 말을 했더니 모두 허락했습니다. 다만 그 중에서도 빌어먹는 아이가 말하기를, 자기 배필은 요지에서 잃어버린 진주를 얻은 사람뿐이라면서, 그 진주를 보아야만 허락하겠다고 하더군요."

이선이 반가운 마음에 물었다.

"빌어먹고 다닌다는 바로 그 사람이 소아인 듯싶네. 그 사람은 어느 곳에 있는가? 요지에 갔을 때 나에게 반도를 건네준 선녀의 진주를 내가 가지고 있다네."

말을 마친 이선은 즉시 안으로 들어가 진주를 가져왔다. 크기는 제비알만 했다.

이선이 그 진주를 할머니에게 주면서 말했다.

"할머니는 괴롭다 생각지 말고 나를 위해 이 구슬을 가져다 그 낭자에게 보여 주게. 만일 그것이 제 진주라고 하거든 데려다가 할머니 집에 두고, 날을 정해서 데려오게. 납폐에 필요한 예물은 내가 준비하리다."

할머니가 승낙하고 집으로 돌아와 숙향 낭자에게 이선이 건네준 진주를 보여 주었다. 낭자는 그것을 보더니 눈물을 흘리며 말했다.

"제 진주가 분명해요. 할머니 마음대로 하세요."

할머니가 다시 이선을 찾아와 말했다.

"그 아이가 진주를 보더니 자기 것이 분명하다기에, 우리 집에 데려다 두었지요. 그런데 그 아이 얼굴을 자세히 살펴보니 추하고 비루하기가 이를 데 없고 병든 곳이 여러 군데였습니다. 낭군의 배필로 정하기에는 미천하오니, 비록 연분이 중하다지만 앞에 두지는 못할 듯합니다. 만일 낭군께서 그 아이를 만나 보고 버리신다면, 그 아이는 시집도 못 가게 됩니다. 그렇게 되면 그 아이는 혼자 몸이 되어 도리어 저를 원망할 테니 그 일이 걱정입니다. 낭군께서는 제발 다시 한 번 생각해 보세요."

"할머니는 어찌 염려하시는가? 숙향 낭자가 비록 몹쓸 병에 걸렸다 한들, 그 병은 내 병이나 다름 없다네. 내 몸이 죽을지언정 어찌 소박하여 내치겠는가? 할머니가 나를 위하여 고생을 많이 했으니 그 은혜를 생각해서라도 어찌

* 병부시랑(兵部侍郞) | 군사에 관한 일을 맡아보던 관아의 시랑 벼슬.
* 간의대부(諫議大夫) | 임금에게 잘못을 고치도록 충고하는 일을 맡아보던 벼슬.

숙향 낭자를 저버리고 소박하겠는가?"

"그 아이가 이르기를, 자기는 비록 병이 들고 부모도 없이 빌어먹고 다니지만, 혼인을 하는 데 예의를 갖추지 않는다면 차라리 죽을지언정 가볍게 몸을 허락지 않겠다고 하더이다."

"배필을 정하면서 어찌 예의를 갖추지 않겠는가?"

"낭군께서 굳이 배필을 정하려고 하신다면 부모님께 고하고 혼인하시겠습니까?"

"나는 학업에 전념해야 하므로 감히 부모님께 여쭈지는 못할 것이네. 다만 친가 쪽에 고모님이 계시니 그분께 고하고 예의를 갖추어 혼인을 치를 것이네. 그것은 염려 말게나."

할머니는 그러는 것이 마땅하겠다고 말하고 다시 일러두었다.

"혼인날을 정했습니다. 납폐일은 이번 달 십사 일, 전안*일은 십오 일입니다."

이선은 할머니에게 황금 오백 냥을 주었다.

"할머니 형편이 어려우니 우선 이것으로 혼수를 준비하게나."

"혼수의 많고 적음은 집안 형편에 따라 해야 한다고 하였습니다. 비록 제가 가난하오나 데려오신 하인은 대접할 것입니다. 이 황금은 낭군께서 잘 간수해 두었다가 나중에 낭자의 세간이나 장만해 주시지요."

할머니는 말을 마치고 집으로 돌아왔다.

이선의 고모는 좌복야* 여혼의 부인이었는데, 일찍이 과부가 되었으므로 자식이 없었다. 이선의 고모는 이선을 친자식처럼 사랑했고, 그의 말이라면 무엇이든 들어주었다. 그 날 이선이 고모님 댁에 찾아가자, 고모님이 말했다.

"내가 지난밤에 이상한 꿈을 꾸었단다. 그래서 너를 불러 물어 보려 했는데, 이렇게 직접 왔으니 잘 되었다."

"무슨 꿈을 꾸셨습니까?"

"꿈에 옥룡을 타고 광한전이라는 곳에 들어갔는데, 한 선녀가 나에게 '사랑하는 소아를 그대에게 맡기니 며느리로 삼으라.' 고 하더구나. 잠에서 깨어 보니 남가일몽*이었단다. 아마도 네가 빠른 시일 내 아름다운 배필을 얻는가 보다."

선이 이 말씀을 듣고 지난 사연과 할머니가 일러준 말을 고했다. 부인이 이선을 칭찬하며 말했다.

"네 부친은 성품이 남다르니, 필연코 근본 없는 아이를 며느리로 삼지는 않을 것이다. 이 일을 어찌하려느냐?"

선이 꿇어앉아 고했다.

"차라리 죽기가 쉽다고 할지언정, 숙향을 버리고 다른 배필을 정하지는 못하겠습니다."

"네가 과거에 급제하여 벼슬이 높아지면 부인을 두 명 둘 수 있느니라. 지금은 네 아버지가 황성에 가서 집에 없으니, 이번 혼사는 내가 주관하고 둘째 부인을 얻을 때는 네 부친이 주관하도록 하면 되겠다."

이선은 매우 기뻐서 고모님께 감사를 드렸다.

"고모님 덕분에 평생의 소원을 이루게 되었습니다."

"네 집에서 만일 이 기미를 알게 되면 반드시 방해할 것이다. 너는 집에 갔다가 보름날이 되거든 이리로 와서 혼인할 준비를 하여라. 납폐는 내가 준비해 보내마."

---

* 전안(奠雁) | 혼례 때 신랑이 기러기를 가지고 신부 집에 가서 상 위에 놓고 절하는 예(禮). 대개 나무로 만든 것을 쓴다.
* 좌복야(左僕射) | 전곡의 출납과 회계에 대한 일을 맡아보던 관아인 '삼사(三司)' 에 속한 정이품 벼슬.
* 남가일몽(南柯一夢) | 꿈처럼 한때의 헛된 부귀영화를 이르는 말. 중국 당나라 순우분(淳于棼)이 술에 취하여 홰나무 밑에서 잠들었는데 괴안국(槐安國)에 가서 이십 년 동안 영화를 누리는 꿈을 꾸었다는 데서 유래한다.

이선은 고모님께 하직 인사를 하고 집으로 돌아와 보름날이 되기만을 기다렸다.

이선의 고모가 생각하기에는 숙향이라는 아이가 늙은 할머니의 집에 있다고 하니 혼수를 갖춘 것이 없을 듯싶었다. 그래서 할머니 집으로 납폐를 많이 보내 주었다. 하지만 혹시나 그 집에서 예의를 몰라 집에서 보낸 하인을 소홀히 대접하지는 않을까 염려하였다.

얼마 후 숙향의 집으로 보낸 하인이 돌아오자 부인이 넌지시 물어 보았다.

"그 집이 상인의 집이라고 하던데, 과연 어떠하더냐?"

"상인의 집이라지만, 그렇게 잘 갖추어진 집은 처음 보았습니다."

부인이 한편으로는 기뻐하면서도 한편으로는 이상하게 생각했다.

보름날이 돌아오자 이선은 채색 옷을 입고 예의를 갖추고서 혼례식을 치르러 이화정으로 떠났다. 이선은 어머니께 하직하고 좋은 말에 금으로 장식한 안장을 얹고서 청사관대*를 입고 바로 할머니 집을 향하여 갔다. 그 모습은 마치 신선과 같았다.

할머니 집에는 금빛으로 수놓은 방석이며 돗자리, 차일이며 장막이 찬란하게 꾸며져 있었다. 집에 있는 그릇이나 차림새들은 인간 세상에서는 보지 못한 것이었다. 좌우에 서 있는 손님들은 모두 요지에서 본 선관과 같았다. 이선이 예의를 갖추고 들어가 낭자와 함께 친영*할 때 보니, 과연 요지에서 반도와 계화를 준 선녀였다. 이선은 마치 원앙이 녹수를 만난 듯*, 비취(물총새)가 연리지*에 깃들 듯 기쁘기 그지없었다.

* 청사관대(靑絲冠帶) | 푸른 비단으로 만든 관복.
* 친영(親迎) | 육례의 하나. 신랑이 신부의 집에 가서 신부를 직접 맞이하는 의식.
* 원앙(鴛鴦)이 녹수(綠水)를 만난 듯 | 녹수 갈 제 원앙 가듯 둘의 관계가 밀접하여 서로 떨어지지 않음을 비유하는 말.
* 연리지(連理枝) | 뿌리가 다른 나뭇가지가 서로 엉켜 마치 한나무처럼 자라는 것으로, 원래 효성이 지극함을 나타냈으나, 현재는 남녀 사이나 부부애가 두터운 것을 비유한다.

이선이 돌아오자 고모님이 물었다.

"낭자가 병든 몸이라고 하더니, 어떠하더냐? 불러서 만나고 싶지만, 네 부모도 혼인한 것을 모르니 나중에 만나야겠구나."

"고모님께서 숙향 낭자의 모습이 궁금하시면 제 방에 걸린 족자를 보십시오. 그림 속에서 반도를 건네는 선녀의 얼굴과 같사옵니다."

이선이 족자를 내어 드리자 부인이 크게 놀라며 기뻐했다.

"이 아이는 지난번에 내가 꿈에서 본 바로 그 소아로다. 내가 꿈에서 광한전에 가서 소아를 데려왔느니라."

부인은 동생인 이상서가 찾아오면 이선을 혼인시킨 사연을 잘 이야기하고, 숙향을 데려다 보려고 했다.

눈물은 가까이, 사랑은 아스라이

상서는 황성에서 황제를 모시고 변방의 일을 의논하느라, 여러 날 동안 집에 돌아오지 못했다.

그런데 이선의 어머니가 보기에는 요사이 이선이 하는 일이 예전 같지 않고, 자주 집 밖으로 나가기를 좋아하기에 수상한 생각이 들었다. 이선의 어머니는 종들에게 연고를 물어 보았다. 종들은 감히 부인을 속이지 못하고 사정을 아뢰었다. 그간의 사정을 들은 부인은 너무 놀라서 곧바로 황성에 계신 상서에게 기별을 올렸다. 상서도 이 소식을 듣고 크게 놀랐다. 상서는 생각했다.

'누님께서 혼사를 주관하셨다 하고 선도 그 여자 아이를 좋아한다니, 달리 말리지는 못할 것이다. 낙양의 수령에게 은밀히 기별하여 그 여자를 죽여 없애라고 하리라.'

이선은 고모님 댁에 있고 숙향은 할머니 집에서 혼자 지내고 있었다. 날이 저물자 숙향은 낭군이 오기만을 기다렸다.

그때 창 밖에서 까치가 기이한 소리를 내며 울었다. 낭자는 예전 일이 생각나 불안했다.

'예전에 장승상 댁 영춘당에서 잔치할 때, 저 까치가 와서 울더니 나에게 불길한 일이 있었는데…… 그 뒤로 나는 너무 힘들고 고생스러웠어. 오늘 저녁에도 저 까치가 수상하게 울다니 혹시 나에게 무슨 화가 닥치는 것은 아닐까? 걱정스러워.'

숙향은 걱정이 되어 잠들지 못하고 앉아 있었다.

그 날 밤 이화정으로 관가의 관원들이 들이닥치더니 수령의 엄명이라며 숙향을 잡아갔다. 숙향은 갑작스럽고 당황스러워 어찌할 바를 모른 채 잡혀갔다. 관원들이 좌우에 불을 밝히고 숙향을 꿇어앉힌 뒤 물었다.

"너는 누구의 자식이기에 상서 댁 귀공자를 헛된 말로 꼬여 냈느냐? 어떻게 미혹시켰기에 상서 댁 공자님이 병들어 다 죽게 된 것이냐? 상서께서 나에게 기별하여 너를 죽여 없애라고 하셨다. 만일 그게 사실이라면 너같이 빈천한 몸은 죽어도 아깝지 않을 것이다. 너는 죽더라도 원망하지 마라!"

관원들이 크게 호령하자, 하인들은 겁을 먹고서 명령대로 숙향을 동여맸다. 그러고는 소리를 지르며 커다란 매로 내리쳐 죽이려 했다. 숙향은 너무나 놀란데다가 말할 수 없는 슬픔으로 가슴이 미어져 울먹이는 목소리로 말했다.

"저는 다섯 살에 난리를 만나 부모님을 잃었습니다. 이리저리 구걸하며 다니다가 마침 술을 파는 할머니를 만나 의지하고 지내왔어요. 그러다가 좌복야 댁에서 청혼을 하기에, 상인의 집에 의탁한 몸이 감히 사대부가의 명을 거역할 수 없어서 인연을 맺었습니다. 그런데 낭군께서 저에게 미혹되어 죽게 되었다고 하시니, 이는 천부당만부당한 말씀입니다."

관원이 말했다.

"네가 말하지 않더라도 죄가 없다는 것을 짐작하노라. 다만 상서의 호령이 엄하시니 명령을 받은 대로 다스릴 뿐이다. 네가 비록 억울하다고 해도 나를 원망하지는 마라."

말을 마친 관원이 숙향을 매우 치라고 호령했다. 나장*은 커다란 매를 들어

* 나장(羅將) | 군아(郡衙)에 속한 사령(使令).

백사

숙향을 치려고 했다. 그런데 웬일인지 나장의 팔이 저절로 굳어져서 매를 내리칠 수 없었다. 이것을 본 원님이 다른 나장을 불러 엄하게 호령했다.

"만일 가볍게 때린다면 너부터 죽이리라!"

나장이 눈을 부릅뜨고 한 번의 매에 죽이려 했지만, 그 역시 팔이 굳어져서 세게 칠 수 없었다. 이것을 본 원님은 이런 생각이 들었다.

'이것은 반드시 애매한 사람을 곤장으로 죽이려는 것이기에, 하늘이 도우시어 저런 변고를 내리는 것이로다.'

원님은 매를 치지 않고 놓아 보내고 싶었다. 하지만 한 나라를 다스리는 재상이 내린 명령인지라 거역할 수 없었다. 원님은 할 수 없이 숙향을 묶은 채로 깊은 물속에 넣으라고 했다. 나장들은 일시에 대답하고 숙향을 물속에 넣으려고 했다.

이때 원님의 부인은 깊은 잠에 들었다가 꿈에서 숙향을 보았다. 꿈속의 숙향은 슬피 울면서 이렇게 말했다.

"아버님께서는 무슨 까닭으로 아무 이유도 없이 저를 죽이려 하십니까? 어머니께서는 어찌하여 저를 구해 주지 않으십니까?"

장씨가 놀라서 깨어나니 남가일몽이었다. 부인은 급히 시녀를 불렀다.

"원님께서는 어디에 계시느냐?"

"외청에 자리를 잡으시고 이상서의 명령을 받들어 그 댁 며느리를 매우 쳐서 죽이려 하십니다."

장씨는 더욱 놀라 급히 원님을 청한 뒤 울면서 간청했다.

"우리가 숙향과 이별한 지 십여 년이 지났는데 그동안 한 번도 제 꿈에 나타나지 않더니, 아까는 꿈에 숙향이 나타나 슬피 울면서 이런 말을 했습니다. 그 일이 예사롭지 않은 듯합니다. 하온데 무슨 까닭으로 명을 받들어 그 댁 며느리를 죽이려 하십니까? 그 며느리는 어느 집 자식이고 나이는 몇이며, 이름은 무엇이라 하더이까?"

김전이 대답했다.

"제 말로는 다섯 살 때 난리를 만나 부모를 잃고서 여기저기 구걸하러 다니다가 마침 술을 파는 할머니 집에 의탁했다 하더이다. 그러던 중에 좌복야 댁에서 구혼하기에 거역하지 못하여 허락했다고 합니다. 자신은 그 댁 공자를 미혹시킨 일이 없는데 애매하게 죽이려 한다면서, 지금 죽으면 부모님을 다시 만날 수 없는 것이 한이라고 했습니다. 내 소견에도 그런 듯싶지만, 상서께서 내리신 명령이 지엄하기에 마지못해 죽이려고 했지요. 그런데 나장이 매를 내리치려 해도 그렇게 할 수 없었습니다. 그런 까닭에 다만 동여맨 채로 물속에 넣으라고 했습니다."

이 말을 들은 장씨 부인은 더욱 애처로운 마음이 들어 흐르는 눈물을 억누르지 못한 채 말했다.

"그 계집아이의 이름과 나이를 물어 다짐을 받으셨습니까?"

김전이 말했다.

"이선의 첩이었다면 다짐을 받았겠지만, 그 아내라 하기에 받지 못했소."

장씨가 말했다.

"제가 이상한 꿈을 꾸었습니다. 내일 제가 직접 그 계집아이를 만나야겠습니다. 그러니 아직은 죽이지 마시고, 내일 내청에서 일을 시작하거든 불러들이세요."

김전이 그 말을 듣고 밖으로 나와서 아직은 물에 넣지 말고 하옥하라고 명했다.

숙향이 큰 칼을 쓰고 옥중에 들어가니 옥에 있는 죄인들이 모두 가엾게 여기며 한마디씩 했다.

"저렇게 젊은 사람이 내일이면 죽게 되다니……."

낭자가 울면서 말했다.

"이곳이 어디입니까?"

"낙양 고을의 감옥입니다."

숙향은 말할 수 없이 슬펐지만, 이선에게 죽는다는 사실이나 기별해야겠다는 생각이 들었다. 하지만 옥중에는 붓과 벼루도 없었고, 편지를 전해 줄 사람도 없었다. 숙향은 할 수 없이 혼자 앉아서 울고만 있었다.

그 사이 날이 점점 밝아왔다.

그때 어디선가 포르르 파랑새 한 마리가 날아오더니 숙향의 무릎 위에 앉아 슬피 울기 시작했다. 그 새를 본 숙향은 문득 저 새에게 편지를 전해야겠다는 생각이 떠올랐다. 숙향은 손가락을 깨물어 피를 낸 후에, 비단 적삼 소매에 원통한 사정을 적어서 새의 다리에 매어 주고 이렇게 일렀다.

"나는 억울하게도 이 옥중에서 죽게 되었구나. 내가 죽는 것은 서럽지 않지만, 부모님과 낭군님, 할머니를 다시 보지 못하고 죽으니, 지하에 가더라도 눈을 감지 못할 것 같아. 내가 비명에 죽는 연유를 낭군님께 고하고 싶으니, 너는 이 소식을 낭군님께 전해다오."

말을 마친 숙향은 목이 메어 울 수도 없었다. 그 새는 낭자의 말을 듣더니 두 번 소리 내어 울고는 어디론가 포르르 날아갔다.

이 날 이선은 큰고모님 댁에서 자게 되었다. 하지만 이상하게도 가슴이 두근거리고 번뇌가 많아서 잠을 이룰 수 없었다. 이선은 잠자리에서 일어나 고모님의 침실로 들어갔다. 고모님이 말했다.

"무슨 일이 있느냐? 잃어버린 물건이라도 있는 게냐? 낭자가 그리워서 그런가 보구나. 넋을 잃은 사람 같으니 왜 그러느냐?"

이선이 고했다.

"아무것도 잃어버린 것은 없습니다. 낭자 또한 하룻밤 만나지 못한 것뿐인데, 무엇이 그토록 그립겠습니까? 저도 모르게 저절로 심란해집니다."

이선이 고모님께 이런 말씀을 드리고 있을 때, 어디선가 파랑새 한 마리가 날아오더니 이선의 무릎 위에 앉아 울었다. 이선은 이상히 여기면서 그 새를 자세히 살펴보았다. 새의 다리에 비단 끈이 매어진 것이 보였다. 그것을 끌러 보니 낭자의 편지였다. 사연은 이러했다.

전생의 죄악이란 이생에서도 면하기 어려워요.
좋은 인연이 하룻밤 사이에 변하여 모진 광풍*에 떨어졌어요.
향기로운 이내 몸은 속절없이 낙양 옥중에서 흙이 되려 해요.
죽는 것은 서럽지 않지만
부모님과 낭군의 얼굴을 다시 보지 못하고 죽으니 한스러워요.
숙향은 지하에 가더라도 눈감지 못해요.
바라옵나니 가엾은 숙향의 신체나 찾아내 좋은 산속에 묻어 주소서.

이선은 편지를 보고 너무 놀라고 슬픔이 복받쳐 소리내어 울었다. 편지를 고모님이신 숙부인께 보여 드리고 낙양의 옥중으로 낭자를 찾아가 같이 죽으려고 했다. 그러자 숙부인이 말했다.

"자세히 알지 못하는데 성급히 굴지 마라."

숙부인은 한편으로는 하인을 불러 할머니 집에 가 보고 오라고 이르고, 다른 한편으로는 그 고을의 이방 '원통'을 불러서 자세한 사정을 물었다. 원통이 말했다.

"상서께서 명을 내리시어 숙향을 잡아다 죽이라고 하셨습니다. 원님께서

---

* 광풍(狂風) | 미친 듯이 사납게 휘몰아치는 거센 바람.

는 상서의 명령을 거역하지 못하시기에 어젯밤 숙향을 잡아다가 큰 매로 치셨습니다. 하온데 집장 사령이 매를 들 수 없어 죽이지는 못했습니다. 원님께서는 오늘 숙향을 죽이려고 큰 칼을 씌워서 옥에 가두었습니다."

이 사연을 들은 부인이 너무 놀라서 말했다.

"선이 비록 상서의 아들이라지만 내가 양자로 들였기에 혼사를 주관했거늘, 내 동생 이상서가 나를 과부라고 업신여겨 묻지도 않고 이렇게 처신했도다. 내가 황성으로 들어가 이 사실을 일러두리라. 만일 그래도 듣지 않는다면 황후께 아뢰어 황제께서 아시게 하리라."

부인은 즉시 행장을 차려서 서울로 올라갔다.

한편 이선은 집으로 돌아간 뒤 울면서 다짐했다.

'낭자가 죽었다면 나도 함께 죽으리라.'

이튿날 김전이 내청에 자리를 정하고 숙향을 불러올리라고 하였다.

숙향은 옥구슬 같은 눈물만 흘리고 있었다. 숙향이 연약한 몸으로 커다란 칼을 쓰고서 여러 사람에게 붙들려가니 반은 죽은 사람 같았다. 이를 보는 사람들 중에 눈물을 흘리지 않는 이가 없었다.

김전이 숙향에게 물었다.

"네 고향은 어디며, 이름은 무엇인고? 나이는 몇이나 되며 뉘 집 딸이라 하느냐?"

"저는 다섯 살에 난리를 만나 부모님을 잃고서 사방으로 떠돌아다니다가 겨우 할머니 댁에 의탁한 몸입니다. 고향과 부모님의 이름은 모릅니다. 다만 제가 나이 든 뒤 들으니 김상서의 딸이라고 하였습니다. 이름은 숙향이며 나이는 열여섯입니다."

김전의 아내가 그 말을 듣더니 눈물을 흘리며 말했다.

"그 여자의 얼굴을 보니 죽은 우리 딸과 닮은데다가 나이까지 같습니다. 다만 김상서 딸이라니, 그 사정을 자세히 모르겠습니다. 하지만 이름도 같고 나이도 같으니 마치 죽은 자식이 살아난 듯하여 자연히 마음이 슬퍼집니다. 그러니 아직은 죽이지 마시고 상서께 기별하여 스스로 처치하시게 하세요."

김전은 부인의 말을 옳게 여겨 숙향을 도로 하옥하라 이르고, 이 사연을 상서께 고했다.

장씨 부인은 숙향을 본 뒤 더욱 딸 생각이 나서 김전에게 간청하여 칼을 벗기게 하고 시녀를 보내어 돌보게 했다. 숙향에게는 자주 음식을 보내 주면서 날마다 안부를 물었다.

한편 이상서는 김전이 보낸 편지를 보고 숙향이 아직 죽지 않은 것을 알게 되었다. 이상서는 진노하여 즉시 낙양의 수령으로 있는 김전을 좌천시켜 계양의 태수로 삼았다. 그리고 다른 사람에게 낙양의 수령 직책을 맡겼다. 이상서는 반드시 숙향을 죽이겠다고 마음먹었다.

그때 갑자기 숙부인이 오신다는 보고가 들어왔다. 상서가 놀라서 즉시 나와 숙부인을 맞아들였다.

"무슨 연고로 불시에 오셨습니까?"

부인이 노하여 말했다.

"요즘은 벼슬이 높고 위엄이 중하면 부모와 형제도 모르는가?"

상서가 황공하여 말했다.

"어찌 그리 말씀하십니까?"

"상서가 재상이 되어 천하를 다스리니 잘 알 것이네. 인륜 대사에서 무엇이 으뜸인가?"

"오륜*이 으뜸입니다."

* 오륜(五倫) | 유학에서 사람이 지켜야 할 다섯 가지 도리. 부자유친(父子有親), 군신유의(君臣有義), 부부유별(夫婦有別), 장유유서(長幼有序), 붕우유신(朋友有信)을 이른다.

"나와 상서는 오륜에 해당하는가?"

"형은 아우에게 우애 있게 대하고 아우는 형을 공경한다고 했으니, 어찌 오륜에 들지 않겠습니까?"

"상서가 비록 벼슬이 높으나 나의 다섯째 동생이라. 나는 부모의 버금이거늘, 마치 지나다니는 사람처럼 여기니, 내가 이런 모욕을 당하고 살아 있은들 쓸데없도다. 차라리 죽어 상서의 마음이나 시원하게 해주겠노라."

상서가 크게 놀라 관을 벗고 땅으로 내려와 죄를 청하며 말했다.

"지은 죄를 알지 못하오니 명백히 가르쳐 주소서."

부인이 정색을 하고 오래 침묵하다가 말했다.

"선이 비록 그대의 아들이나, 강보에 싸였을 때부터 내가 데려다가 양자를 삼았으니 내 자식이나 다름없는지라. 저번에 이러저러한 꿈을 꾸었기에 선에게 꿈 말을 들려주니, 선 또한 같은 꿈을 꾸었는지라. 그 사람을 찾아 아내로 삼지 못한다면 맹세코 다른 곳에는 장가들지 않겠다고 하기에, 내 생각에는 선이 급제하면 부인을 두 명 얻을 것이니, 이 사람은 하늘이 정하신 배필이라, 이번 혼사는 내가 주관하고 두 번째 혼사는 상서가 주관하게 하리라고 생각했다네. 내 여자로서 생각이 미련하여 가볍게 처신했으니, 비록 이 일이 잘못이라 하여도 나를 보고 꾸짖을 것이거늘, 이제 죄 없는 사람을 곤장으로 쳐 죽이려 하니, 그 사람은 죽으려니와 후세에 남의 시비를 어떻게 감당하려는가? 차라리 시비가 없을 나를 죽이라."

부인이 호통치며 꾸짖으니 상서는 한 마디도 하지 못한 채 묵묵히 듣고만 있었다. 잠시 후 상서가 말했다.

"누님께서 혼사를 주관하신 줄은 전혀 몰랐습니다. 저번에 양왕이 청혼하기에 허락했는데, 나중에 들으니, 선이 부모를 속이고 제 마음대로 빈천한 여자에게 장가든데다가, 그 여자에게 매우 혹하여 병들어 죽게 되었다는 소문이 조정에 자자하여, 크게 시비가 일어났습니다. 그 일로 제가 분함을 이기지 못하여 낙양의 수령에게 기별하여 숙향을 죽이라고 한 것입니다."

부인이 말했다.

"부부는 하늘이 정하는 일이고 사랑에는 천하고 귀함이 없는지라. 황제께서도 먼저 얻은 왕비를 폐하시고 후궁을 새 왕비로 맞이하거늘, 선이 비록 부모 모르게 장가를 들었다지만 어떤 연고로 조정에서 시비가 일어난단 말인가? 더구나 그 혼사는 내가 주관했으니, 죄 없는 사람을 죽이는 것은 옳지 않은 일인가 싶네."

상서는 본래 충성스럽고 효성스러운 사람인지라 속마음으로는 매우 난처했으나 누님의 말씀인지라 거스를 수 없어서 "그리하소서." 하고 말했다. 밖으로 나온 상서는 새로 발령받은 낙양의 수령에게 기별하여, 그 여자를 죽이지 말고 다만 근처에는 머물러 있지 못하게 하라고 일렀다.

사실 황후는 이선 고모의 시누이였다. 황후는 숙부인이 왔다는 말을 듣고 숙부인을 청하여 궁중으로 들어가 여러 날을 머물게 하며 보내지 않았다. 숙부인은 집으로 돌아오지 못하고, 다만 숙향 낭자가 풀려났다는 기별만 선에게 전했다. 선은 그 소식을 듣고서 매우 기뻐했다.

이상서는 선이 그곳에 계속 있으면 숙향을 버리지 못할까 염려하여 서울로 데려 갔다. 선은 아직 낭자를 다시 보지 못한 채 서울로 가게 되었는지라 슬픈 마음을 이기지 못하여 어머님의 방으로 들어가 하직하며 말했다.

"아버지께서 이미 숙향 낭자를 죽이지 말라고 하시어 낭자가 죽음은 면하였지만, 곁에 제가 없으니 의탁할 곳이 없을 것입니다. 어머니께서는 이 자식을 생각하시어 숙향 낭자에게 양식거리나 자주 보내 주소서."

이선의 어머니가 눈물을 지으며 말했다.

"진실로 네 말과 같다면 숙향은 네 천생배필이 분명하구나. 마음대로 할 수 없겠지만, 네 아버지의 마음을 알 수 없으니 답답하다. 여하튼 네 말대로 할 것이니 빨리 가서 급제나 하거라."

이선은 어머니께 하직하고 이화정으로 가서 할머니를 만났다. 이선은 숙향에게 전해 달라며 서울로 간다는 편지만 할머니에게 건네주었다.

이선이 여러 날 만에 서울에 도착한 뒤 아버지 이상서를 만나 뵈었다. 이상서는 이선을 크게 꾸짖으며 말했다.

"내 마땅히 너와 그 계집을 함께 죽일 것이로되 누님을 보아 풀어 주었느니라. 다시는 내 눈앞에 보이지 말고 태학*에 가 있으라."

상서는 황제를 만나 뵙고 집으로 돌아왔다. 숙부인의 청으로 숙향을 죽이지 못하게 된 것을 못내 한스러워했다.

김전이 계양으로 좌천되자 새로운 관리가 낙양으로 내려왔다. 그는 상서의 명을 받고 숙향을 잡아들인 뒤 이렇게 호령했다.

"너는 본래 미천한 사람으로 상서 댁 귀공자의 정신을 빼놓았으니 죽어야 마땅하다. 그러나 이제 용서하나니 이 근처에 있지 말고 멀리 가거라!"

말을 마친 후 숙향을 내쳤다. 숙향이 관문 밖으로 나오자 밖에서 할머니가 기다리고 있었다. 할머니는 눈물을 머금고 말했다.

"집으로 돌아가서 도련님이 서울로 가시면서 남기고 간 편지나 읽어 보세요."

할머니는 숙향을 데리고 곧바로 집으로 돌아와 도련님의 편지를 건네주었다. 그것을 펼쳐 보니 다음과 같았다.

숙향 낭자여!
실낱같이 약한 몸으로 할머니를 의지해 살아왔지만,
이 한 몸 운명이 기구하니 만사가 헛되도다.

하늘이 정해 준 인연을 다 이루지 못했는데,

닥치는 고난은 심하기만 하오.

연약한 그대 모습을 꿈속에서나 잠깐 보았네.

백 년 동안 함께 해야 할 인연인데 세월 속에 이별하였도다.

생이별도 있다지만 내 이별만 하겠는가?

해와 달은 밝은 빛으로 두 사람을 비추건만

나 홀로 애간장만 썩는구나.

시간은 두 사람을 갈라놓았네.

가는 길에 다시 와서 할머니나 보련마는,

행장을 재촉하니 다시 보기 어려워라.

옥중에 썼던 칼을 내 손으로 벗겼다면,

꿈속에 서린 뜻을 잠시나마 풀었을 것을.

한없는 이내 슬픔, 그칠 길이 없구나.

서로의 길이 점점 멀어져가니 막막하기만 하도다!

연평의 날랜 칼*을 어느 때에 만나 보며,

낙창에 걸린 거울* 언제 다시 들어 볼까?

인연을 다시 이어 만나기를 기약하노라.

편지를 읽고 난 숙향이 눈물을 흘리며 말했다.

---

* 태학(太學) | 중앙 귀족 자제에게 경학, 문학 따위를 가르치는 국립 교육 기관.
* 연평의 날랜 칼[延平劍] | '연평'은 중국의 지명. '연평의 칼'은 용천(龍泉)과 태아(太阿)라는 두 칼의 이름이다. 진(晉)나라 뇌환(雷煥)이 용천과 태아라는 유명한 칼 두 개를 얻어서 하나는 자신이 갖고, 하나는 장화(張華)에게 주었다. 장화가 살해된 뒤 그 칼이 사라졌다. 후에 뇌환의 아들이 아버지 칼을 차고서 연평 나루를 지나갈 때 검이 스스로 떨어지더니, 물속으로 들어가고, 장화의 검과 함께 용 두 마리가 되어 날아갔다고 한다.
* 낙창(樂昌)에 걸린 거울 | '낙창'은 중국의 지명. '낙창의 거울'은 진(陳)나라 서덕언(徐德言)이 아내와 이별했을 때 거울을 둘로 나누어 가졌다가 다시 합하여 생애를 함께 했다는 고사이다.

"낭군은 서울에 계신데 신관은 여기를 떠나라 하니, 이제 어디로 가서 의지해야 하나요?"

할머니가 말했다.

"이곳에 오래 있으면 또 화를 당할 것입니다. 이웃으로 가 보세요."

말을 마친 할머니는 마치 어디론가 떠나려는 사람 같았다. 그런 할머니의 표정이 슬퍼 보였다. 이를 이상히 여긴 숙향이 물었다.

"할머니, 왜 이렇게 슬퍼하세요?"

할머니가 대답했다.

"사실 나는 사람이 아니라 천태산에 사는 마고 할미라오. 월궁항아의 명을 받아 낭자를 구하러 인간 세상으로 내려왔답니다. 저번에 낭자를 요지연의 꿈으로 안내한 파랑새가 바로 저였습니다. 낭군이 이리로 오실 때도 제가 삼신산 선관들을 다 불러왔지요. 낭자가 옥중에 있을 때도 제가 파랑새로 변하여 낭군께 편지를 전해 드렸고, 낭자의 모든 일을 다 지켜보았답니다. 하지만 이제 낭자의 액운이 다하였고 저와의 인연도 다했습니다. 이제는 낭자와 헤어져야 합니다. 그래서 이렇게 슬퍼하는 것입니다."

이 말을 들은 숙향은 믿기지도 않고 당황스러워 눈물만 나왔다. 숙향은 울면서 할머니께 두 번 절을 올렸다.

"인간의 어리석은 눈으로 어찌 할머니께서 선녀인 줄 알았겠어요? 하지만 이제 제 곁에는 낭군님도 계시지 않는데, 할머니마저 저를 버리고 가신다니, 저는 누구를 의지하고 살아야 해요?"

"저도 낭자께서 낭군과 함께 편하게 사는 모습을 보고 가려 했지요. 하지만 천명은 어길 수 없답니다. 지금이 바로 낭자와 제가 헤어져야 할 때입니다. 앞으로 낭자께서는 더 고생하지 않고 영화롭게 지낼 수 있을 것입니다. 그러니 다른 염려는 마세요. 사실은 지난번 낙양 수령으로 와 있던 김전이 낭자의 아버지랍니다."

이 말을 들은 숙향은 너무 놀랐다.

"그렇다면 어째서 바로 그때 말해 주지 않으셨어요?"

"그때는 서로 만날 때가 아니었습니다. 저로서도 천명을 거역할 수 없어 말하지 못했지요. 하지만 낙양 수령이 낭자를 끈으로 동여매어 물에 넣으려 할 때도 제가 혼백이 되어 낭자 어머니의 꿈에 들어가 낭자를 구하게 했지요. 제가 혼백이 되어 집장 사령의 팔에 올라가 낭자를 매질하지 못하도록 도와드렸답니다."

"할머니께서 그렇게 은혜를 많이 베풀어 주셨는데, 아직 하나도 갚지 못한 채 헤어져야 하다니요? 이 은혜는 후세에라도 꼭 갚겠습니다."

"낭자의 아버지께서는 지금 계양 땅의 태수로 부임하셨습니다. 계양은 여기서부터 삼천오백 리나 떨어져 있는 머나먼 곳입니다. 낭자께서 낭군을 다시 만나 보지 않고 곧바로 계양으로 가신다면, 앞으로 낭군과는 영영 이별하게 될 것입니다. 두 분께서는 오래되지 않아 함께 좋은 나날을 보내게 될 테니, 너무 한스럽게 여기지 마세요. 이제 제가 청삽사리 한 마리를 두고 가겠습니다. 앞으로 이 개를 보면서 저를 보듯이 어여삐 여기세요."

"할머니께서 가시는 곳은 여기서 얼마나 먼가요? 또 언제 가시렵니까?"

"갈 길은 오만 팔천 리나 된답니다. 이제 바로 떠나야 합니다."

이 말을 듣자 숙향은 더욱 가슴이 미어졌다. 숙향이 울면서 말했다.

"가시는 길이 너무 멀고 아득하여 따라갈 수가 없어요. 할머니께서는 제발 하루만 더 머물다가 가세요."

할머니는 긴 한숨을 짓더니 이렇게 말했다.

"제 마음대로 할 수 있는 일이라면, 이렇게 낭자를 버리고 가겠습니까? 머지않아 낭군도 오실 것이니, 저도 더 머물렀다가 만나 뵙고 싶습니다. 하지만 시간이 늦어지니 그렇게 할 수 없습니다. 낭자께서는 제가 떠난 뒤 제 옷을 한곳에 모아 염습*해 주세요. 그리고 관곽*을 갖추어 이 개가 가는 곳으로 따라가 보세요. 그 개가 발로 땅을 헤쳐 놓거든, 그곳에 저를 묻어 주세요. 살다가 혹시라도 어려운 일을 만나거든 제 무덤으로 찾아오세요."

말을 마치자 할머니는 두어 걸음을 걸어가더니 갑자기 사라졌다. 숙향은 너무 슬퍼서 삽살개를 붙들고 통곡했다. 숙향은 할머니가 일러준 대로 할머니가 남긴 옷가지와 관곽을 갖추어 편안하게 묻어 드리려고 했다. 그래서 할머니가 남긴 옷가지를 묻을 곳으로 직접 가 보려는데, 그 개가 낭자의 치마를 물고 가지 못하게 했다. 숙향은 지나가는 사람들에게 부탁했다.

"이 개가 발로 땅을 파거든 그곳에 이것을 묻어 주세요."

이 말을 들은 사람들은 모두 그렇게 해주겠다며 삽살개를 따라갔다. 삽살개는 낙양 북촌에 있는 이상서 댁 동산 서쪽 언덕에 이르더니 발로 땅을 헤쳤다. 삽살개를 따라간 사람들은 모두 이상하게 여기면서도, 삽살개가 발로 땅을 헤쳐 놓은 곳에 장사를 지냈다. 사람들이 다시 숙향에게 돌아와 그 사연을 들려주니, 숙향이 울면서 말했다.

"낭군 댁이 여기서 가까우니 행여 이 소리를 들으실까?"

숙향은 할머니를 위해 제문을 지어 제사를 드렸다. 제문의 내용은 이러했다.

가련한 숙향이 맑은 술 한 잔을 할머니께 올립니다.
험한 세상에 버려진 이 몸이 여러 가지로 운명이 기박하여
남군 땅에서는 사향의 멸시를 받았습니다.
낙양의 성중에서는 모든 사람에게 천대를 받아
이 한 몸 의탁할 곳이 없었습니다.

할머니를 만나지 못했다면 누구에게 의지했을까요?

할머니는 진실로 선녀들의 어머니십니다.

망극한 이 은혜를 백 년이 지난다 해도 갚을 수 있을까요?

할머니께서는 오만 팔천 리를 구름 타고 떠나가셨으니,

호천망극*한 이내 마음, 짐승들도 함께 슬퍼하고 초목들도 슬퍼할 듯합니다.

한 번 이별한 후에 간장이 썩은 물이 눈으로 솟아 나와 황하에 넘칩니다.

밝고 밝으신 선모仙母께서는 옛 정을 잊지 마세요.

지금 바치는 한잔 술을 흠향*하소서.

이후로 낭자는 의지할 곳이 없어 삽사리를 벗 삼아 지냈다.

달 밝은 밤이 되었다. 숙향은 잠이 오지 않아 비단 창에 기대어 눈물을 흘리며 시름에 잠겨 있었다. 숙향은 글 한 편을 지어 책상 위에 두고서 그만 잠이 들었다. 잠시 후 깨어 보니 글은 간데없고, 개도 사라지고 없었다. 숙향은 더욱 슬퍼져서 통곡하였다.

"너무하구나, 이내 팔자여! 곁에 있는 삽살개마저 없어지다니! 쓸쓸한 이 밤을 나 홀로 어찌 보낼까?"

그때 이선은 태학에서 공부하며 지내느라 숙향 낭자의 소식을 알 수 없었다. 이선은 숙향 낭자가 걱정되어 밤낮으로 잠도 못 자고 밥도 먹지 못하며 불편한 마음으로 지내고 있었다.

이선이 우연히 한 곳을 바라보니, 청삽사리 한 마리가 자기를 향해 나는 듯

---

* 염습(殮襲) | 죽은 사람의 몸을 씻긴 뒤 옷을 입히고 염포(殮布: 염습할 때 시체를 묶는 베)로 묶는 일.
* 관곽(棺槨) | 시체를 넣는 속 널과 겉 널을 아울러 이르는 말.
* 호천망극(昊天罔極) | 어버이의 은혜가 넓고 큰 하늘과 같이 다함이 없음. 주로 부모의 제사에서 축문(祝文)에 쓰는 말이다.
* 흠향(歆饗) | 신명(神明)이 제물을 받아서 먹음.

이 빠르게 달려오고 있었다. 자세히 살펴보니 숙향 낭자의 집에 있던 바로 그 개였다. 이선은 반가운 마음에 삽사리를 어루만지며 말했다.

"너는 짐승이라도 나를 찾아와 보는데, 나는 사람이로되 낭자를 보지 못하니, 도리어 너만도 못하구나."

말을 마친 이선이 슬픔에 잠기자, 삽살개가 입에서 비단 조각 하나를 토해 냈다. 이선이 자세히 보니 비단 조각에 낭자의 글씨로 무엇인가 적혀 있었다. 그 글은 이러했다.

슬프다!

숙향은 다섯 살에 부모님을 여의고 소식조차 듣지 못했네.

여기저기 구걸하며 다니니, 사람들마다 천하다 여겼네.

고생하던 중에 또다시 억울한 누명을 쓰게 되었네.

이 얼마나 슬픈가?

언제쯤 더러운 누명을 씻고 고향에 돌아가려나?

슬프도다, 숙향아! 험하도다, 숙향아!

월하의 연분*으로 도련님을 만났으나,

원앙을 수놓은 베개와 비취색 이불을 미처 덮지도 못한 채

이별하게 되었네.

이 무슨 망극한 일인가?

오작교*도 끊어졌으니 만나 볼 길이 아득하고,

흰 기러기*조차 달아났으니

* 월하(月下)의 연분(緣分) | 부부 인연을 맺어 주는 전설상의 노인이 맺어 준 연분.
* 오작교(烏鵲橋) | 칠월 칠석날 저녁에, 견우와 직녀를 만나게 하려고 까마귀와 까치가 은하수에 놓는다는 다리.
* 흰 기러기 | 백안(白雁). 편지를 전해 주는 새라고 한다.

이내 소식을 그 누가 전해 줄까?

슬프다, 숙향아!

혈혈단신*으로 할머니만 의지하며 하루하루 살았는데 돌아가시다니!

이내 몸은 어디로 가 의지할까?

천지가 넓다 해도 이 한 몸 의지할 곳이 없네.

살아서 도련님을 만날 길 없으니

지하에 가더라도 두 눈을 감지 못하리.

　이선은 편지를 보고서야 비로소 할머니가 돌아가신 줄 알게 되었다. 이선은 숙향 낭자가 슬픔이 심하여 혹시 죽을까봐 걱정되었다. 즉시 자기가 먹으려고 한 밥을 개에게 주었다. 그리고 답장을 써서 개의 목에 매어 주며 말했다.

　"너는 빨리 돌아가 낭자께 이 편지를 전해 다오. 어서 가서 낭자를 지켜다오."

　삽사리는 이 말을 듣더니 대답을 하는 듯 머리를 조아리고 길을 떠났다.

　이때에 숙향은 혼자 울고 있다가 멀리서 무엇인가 소리를 내면서 오는 것을 보았다. 숙향은 더욱 두려운 마음이 들어 문을 잠그고 울음을 그친 채 가만히 귀를 기울였다. 그 소리는 마치 나무를 비비는 소리 같았는데, 무슨 소린지 도저히 알 수가 없었다. 숙향은 가만히 앉아 있었다. 그 짐승은 숙향의 방문 밖으로 다가와 발로 문을 비볐다. 숙향이 창틈으로 엿보니 다름 아닌 삽살개였다. 숙향은 반가운 마음으로 문을 열고 뛰어나와 삽사리의 등을 어루만지며 말했다.

　"너는 어디 갔다가 이제야 오느냐?"

　개가 목을 들기에 자세히 살펴보니 편지 하나가 매달려 있었다. 숙향이 열어 보니 이선이 보낸 것이었다. 내용은 이러했다.

선은 두 번 절하고 편지 한 장을 낭자께 올립니다.

낭자의 괴로움은 모두 내 잘못이오.

이제 지난 일은 속절없겠지만,

한 번 이별한 후로 은하수가 가려지고 파랑새*도 끊어져

소식을 전할 길이 없었다오.

서산에 지는 해와 동녘에 뜨는 달을 대하여

하염없이 간장만 썩히고 있을 뿐.

천만뜻밖에 청삽살개 덕분에 낭자의 글을 보니,

옥 같은 얼굴을 대한 듯 반가운 마음을 금할 길 없소.

그런데 할머니조차 돌아가셨다고 하니,

낭자께서는 누구를 의지하며 지내십니까?

낭자께서 외로이 지내는 것을 생각하니 간장이 끊어지는 듯하오.

붓을 들어 종이를 대하니 정신이 아득하고 눈물만 솟아납니다.

두서를 차려 답장을 쓰려 했지만

글은 안 써지고 이런저런 낙서만 했다오.

옛말에 흥진비래*요 고진감래라 했으니,

설마 하늘이 우리를 그토록 미워하겠소?

요새 과거 시험을 본다는 기별이 있으니,

천만다행으로 과거에 급제한다면

평생 소원을 이루고 낭자의 은혜를 갚겠소.

---

* 혈혈단신(孑孑單身) | 의지할 곳 없는 외로운 홀몸.
* 파랑새 | 청조(靑鳥). 반가운 사자(使者)나 편지를 이르는 말. 푸른 새가 온 것을 보고 동방삭이 서왕모의 사자라고 한 한무(漢武)의 고사에서 유래한다.
* 흥진비래(興盡悲來) | 즐거움이 다하면 슬픔이 온다.

낭자께서는 천금 같은 몸을 가볍게 여기지 마오.

선이 돌아올 때까지 기다리시어,

생사고락을 함께 하기를 바랍니다.

편지를 읽은 숙향은 울다가 겨우 정신을 차리고 말했다.

"황성은 여기서 오백 리나 떨어진 곳인데, 어떻게 찾아갈 수 있었니? 네가 그리로 찾아갈 줄 알았더라면, 마음에 맺힌 회포를 다 적어 보냈을 것을……. 너는 어째서 나도 모르게 혼자 찾아갔느냐? 나는 무슨 죄가 있기에 네가 가는 곳도 가 보지 못할까?"

숙향은 말을 마치고 눈물을 흘렸다.

이튿날이 되자 아침부터 삽살개는 집안의 사방을 헤치고 돌아다녔다. 개는 집안의 살림살이를 꺼내더니 입으로 물어다가 땅에 묻었다. 숙향이 이를 이상히 여기면서도 혹시 무슨 일이 있을까 의심이 들었다. 숙향은 개가 땅을 파헤쳐 놓은 곳에 옷가지와 세간을 감추었다.

잠시 후 밖에서 수상해 보이는 듯한 사람이 여럿 오더니 숙향의 집을 둘러보고 갔다. 숙향은 무슨 일인 줄 알지 못하여 어리둥절하고 있었다. 그때 한 아이가 소를 타고 가면서 이렇게 말했다.

"그놈들이 오늘밤, 이 집에 와서 도적질을 하려는 것이라오."

숙향이 그 아이를 불러서 자세히 물었다. 아이가 대답했다.

"내가 여기로 올 때 들으니 어떤 사람 서너 명이 길을 가면서 말하기를, '저 집에 보배가 많으니 오늘밤에 가서 계집을 겁탈하고 보배와 계집을 데려가자.' 하던데요?"

이 말을 들은 숙향은 두렵고도 당황하여 어찌해야 할 바를 몰랐다.

날이 저물자 숙향은 삽살개에게 정색을 하고 말했다.

"오늘밤에 도적이 온단다. 내가 도적들에게 욕을 당하고 죽느니, 차라리 할머니 곁으로 가서 죽으련다. 너는 할머니 무덤이 어디에 있는지 가르쳐 다오."

개는 대답을 하는 듯하였다. 숙향은 죽을 때 입으려고 마련해 둔 좋은 옷 여러 벌을 싸서 메고는 길을 나섰다. 그런데 개가 자리에 누워서 일어나지 않았다. 숙향은 어찌해야 할지 몰라 그저 가만히 서 있었다. 잠시 후 개가 자리에서 일어났다. 숙향은 그 뒤를 따라갔다. 도착한 곳은 무덤이었다. 낭자는 그곳이 할머니의 무덤이라는 것을 알고 통곡했다.

숙향과 이선의 재회

이때 이상서는 부인을 데리고 완월루에 올라가 달구경을 하고 있었다. 어디선가 문득 바람결을 타고 울음소리가 들렸다. 이를 들은 부인이 하인에게 물었다.

"이 울음소리가 어디서 나느냐?"

부인 곁에서 시중드는 이선의 유부*가 이 말씀을 듣고 무덤 옆으로 찾아왔다. 그곳에는 한 여자 아이가 앉아서 울고 있었다. 이선의 유부가 물었다.

"너는 누구길래 한밤중에 여기 와서 우느냐?"

숙향은 혹시 자기를 겁탈할 사람이 아닐까 의심이 들었다. 숙향은 머리도 들지 않고 울면서 가만히 살펴보았다. 그런데 그 사람의 말씨가 부드럽고 순하였으므로, 그제서야 울음을 그치고 앞뒤 곡절을 자세히 들려주었다. 그 사람은 매우 놀라는 기색이더니, 자리에서 일어나 절을 하며 말했다.

"소인은 이 도련님의 유부입니다. 아까 마님께서 울음소리를 들으시고 가보라고 하시기에 이리로 온 것입니다. 낭자께서는 이곳에 계시지 마시고 소인의 집으로 가시지요."

숙향이 말했다.

"낭군의 유부라고 하니 낭군을 본 듯하다네. 하지만 상서께서는 나를 죽이려 하시는데 어찌 가겠는가?"

"그러하오면 소인이 다시 올 때까지 진정하고 계십시오."

유부는 말을 마치고 돌아갔다.

유부가 돌아가자 개가 등에 지고 있는 보자기를 낭자 앞에 내려놓았다. 그러더니 마치 그것을 입으라는 듯한 시늉을 했다. 숙향은 생각했다.

'이 개는 분명코 내가 죽으리라는 것을 아는 모양이야.'

숙향은 개에게 말했다.

"내가 죽거들랑 흙으로 신체를 감추어 두렴. 그리고 낭군이 오시거든 가르쳐 드리거라."

말을 마치고 낭자가 옷을 입으니 개가 머리를 들고 상서 댁을 바라보며 무엇인가를 찾는 거동을 해보였다. 낭자가 생각했다.

'상서께서 내가 여기에 온 것을 아시면 분명 죽이려 하실 거야. 내가 남의 손에 죽느니 차라리 스스로 목숨을 거두겠어.'

숙향이 비단 수건으로 목을 매어 죽으려 하자, 삽살개가 다가와 말리는 듯했다.

숙향이 삽사리에게 말했다.

"내가 만일 낭군을 다시 볼 수 있다면, 너는 할머니 무덤 위에 올라갔다가 다시 내려와 무덤을 향해 절해 보렴. 그렇게 하면 네 뜻에 따를게."

그러자 개는 즉시 할머니 무덤 위에 올라갔다 내려오더니 절을 하고서 낭자 곁에 다가와 앉았다.

숙향이 말했다.

"너는 짐승이지만 하도 비상하니, 아무튼 네가 하라는 대로 해보겠어."

숙향은 말을 마친 뒤 앉아서 눈물을 흘렸다.

이때에 유부가 한걸음에 자기 집으로 돌아와 지어미를 불렀다. 그는 숙향 낭자의 사연을 대강 들려주었다.

* 유부(乳夫) | 유모의 남편.

"내가 대부인께 먼저 가서 고할 것이니, 당신은 행여 죽을지라도 빨리 그리로 가서 낭자를 지키게."

유부는 이상서 댁 마님을 찾아가 낭자와 만난 일과 그 사연을 낱낱이 여쭈었다. 그러자 부인이 크게 놀라며 말했다.

"내가 잊고 있었구나. 전에 내가 선을 낳을 때 한 선녀가 내려와 이러저러한 말을 일러주기에, 혹시라도 잊을까 해서 적어 둔 것이 있다."

부인은 말을 마치고 그때의 일을 적은 것을 가져와 상서께 보여 주었다. 내용은 이러했다.

이 아기는 남양 땅에 사는 김전의 딸 숙향을 배필로 맞이하게 되리라.

"그 아이의 이름이 숙향이라고 하니, 선과는 천생배필인가 봅니다. 그 아이를 데려다가 근본을 알아보고 선이 돌아와서 처리하도록 합시다."

상서가 이를 허락했다.

부인은 계집종과 남자종 열 명을 정하여 가마를 보내어 숙향을 데려오라고 했다.

이때 숙향은 혼자 앉아 울고 있었다. 한 할머니가 다가오더니 숙향에게 절을 했다. 할머니가 말했다.

"저는 이 도련님의 유모입니다. 지난번 낭군께서 배필을 정하셨다고 들었습니다. 하지만 고모님 댁에서 혼인하셨기에 알 수가 없었지요. 아까 이 몸의 지아비가 하는 말을 들으니 낭자께서 이곳에 계시다고 하였습니다. 저로서는 마치 낭군을 뵙는 듯 반갑기에 직접 찾아왔습니다."

숙향이 말했다.

"자네가 낭군의 유모라니 마치 낭군을 만난 듯하네."

숙향은 유모와 지나간 일을 말하며 앉아 있었다.

잠시 후 유부가 종들을 거느리고 가마를 메고 왔다. 그리고 숙향에게 마님이 모시고 오라는 명을 내렸다고 전했다. 숙향은 이를 사양하지 못하여 가마를 탔다. 가마의 좌우에서 여러 종이 낮처럼 환하게 등불을 받쳐들고 따라왔다. 그 모습이 위엄 있고 환했다. 이선의 집에 도착하여 중문에 이르렀다. 안에서 시녀가 나와 부인께서 완월루로 올라오라고 하셨다는 말씀을 전했다. 종은 숙향이 타고 있는 가마를 완월루 쪽으로 돌려 발길을 옮겼다. 숙향이 누각으로 올라가자 상서가 부인과 나란히 앉아서 이야기를 나누고 있었다. 양옆에는 예쁜 색깔로 물들인 초들이 환하게 켜져 있었고, 곁에는 시녀들이 늘어서 있었다. 그 모습이 매우 엄숙했다.

멀리서 점점 다가오는 숙향을 본 상서가 말했다.

"저렇듯 아름다우니 어찌 선이 마음을 빼앗기지 않겠는가?"

부인이 눈을 들어 숙향 쪽을 바라보며 말했다.

"진실로 어여쁘다. 붉은 연꽃과 하얀 연꽃 같구나! 얼굴에 근심이 서렸는데도 저토록 아름다우니, 편안히 지냈더라면 양귀비*나 조비연*과 같은 천하의 미인이라도 미치지 못하겠구나."

부인이 다시 숙향에게 물었다.

"너는 집이 어디며 부모님은 어떤 분이시냐? 네 이름은 무엇이며 나이는 몇이나 되는가?"

"저는 다섯 살에 난리를 만나 부모님을 잃었습니다. 그 뒤 여기저기 떠돌아다니다가 어떤 사슴을 만났는데, 그 사슴이 저를 업어다가 장승상 댁 동산에

---

* 양귀비(楊貴妃) | 당나라 현종(玄宗)의 비(妃). 아름답고 지혜로우며 춤과 노래에 뛰어나 황제의 마음을 사로잡았다.
* 조비연(趙飛燕) | 중국 한(漢)나라 성제(成帝)의 후궁이었다가, 용모가 아름다워 임금의 눈에 띄어 총애를 받고 황후가 되었다.

두고 갔습니다. 마침 그 댁에는 자식이 없는지라, 저를 십 년 동안 길러 주셨습니다. 그 때문에 저는 고향이 어딘지도 모르고, 어버이의 성명도 알지 못합니다."

상서가 말했다.

"장승상 댁에 있다가 어떻게 해서 동촌 이화정의 술 파는 할머니 집에 갔는고?"

"장승상 댁 계집종 사향이라는 년이 저를 모함하는 바람에 그 댁에서 쫓겨났습니다. 그 후로 다시 길 위로 떠돌아다니며 빌어먹고 다녔습니다. 그러다 우연히 그 할머니를 만나 의지하게 되었던 것입니다."

"네가 장승상 댁에서 이화정 할머니의 집으로 오는데 며칠이나 걸렸는가?"

"오다가 노전이라는 갈대밭에서 하룻밤을 자고서 그 이튿날에 왔습니다."

상서가 크게 놀라며 말했다.

"장승상 댁은 여기서 삼천오백 리나 되는 곳이라. 비록 천리마를 탔다고 하더라도 그렇게 빨리 올 수가 없는데, 이틀 만에 왔다니 기이하구나."

부인이 말했다.

"네 이름은 무엇이며 부모님은 어떤 분이시냐? 어느 날 어느 시각에 태어났느냐?"

"소녀의 이름은 숙향이오며, 기축년 사월 초파일 해시*생입니다."

"네가 부모님의 성명은 모르면서, 어떻게 너의 생월생시는 자세히 알고 있느냐?"

"어렸을 때 부모님께서 제 몸에 채워 주신 것이 있었습니다. 그것을 열어 보니 그렇게 적혀 있었습니다."

숙향이 말을 마치고 몸에 지니고 있던 것을 부인께 드렸다. 부인이 그것을 받아서 펼쳐 보니 금빛으로 다음과 같이 써 있었다.

숙향의 자는 월중선月中仙이라.

기축 사월 초파일 해시생이라.

이것을 본 부인은 매우 기특하게 여겼으나, 다만 부모님의 성명을 알지 못하니 답답할 뿐이었다.

상서가 말했다.

"그 글을 금실로 새겼으니 네 성이 '김'인가 보구나."

숙향이 말했다.

"제가 자란 후에 들으니 저번에 낙양 원님으로 온 김전이라는 분이 제 아버지라고 합니다."

이 말을 들은 상서가 말했다.

"그것이 분명하다면 다행이로다."

부인이 물었다.

"그 사람의 가문이 어떠한지요?"

"김전은 이부상서를 지낸 운수 선생의 아드님입니다. 가문이 매우 청백합니다."

상서는 숙향에게 이선이 머물던 봉황당에 거처하라고 했다. 숙향의 행동을 지켜보려는 심산이었다.

이튿날 부인이 숙향을 불러 물었다.

"네가 머물던 집에 아무것도 남겨 둔 것이 없느냐?"

"이리로 올 때 옷들과 살림살이를 다 묻고 왔습니다."

"네가 직접 가지 않는다면 그것들을 어디에 묻었는지 어떻게 알겠느냐?"

* 해시(亥時) | 밤 아홉 시부터 열한 시까지.

"제가 데려온 개를 사람과 함께 보내시면 알 수 있습니다."

숙향이 유부를 불러 개와 함께 가서 자신의 세간을 가져오라고 하였다. 이를 본 부인은 웃으며 말했다.

"개가 어떻게 사람의 일을 안단 말이냐?"

부인은 숙향이 물정을 모르는 순진한 사람이라고 여겼다. 이윽고 시간이 지나자 유부가 여러 명의 종을 데리고 숙향이 살림살이를 묻었다는 곳에 다녀왔다. 유부는 숙향의 물건들을 모두 찾아왔다. 이를 본 부인이 말했다.

"어떻게 이처럼 잘 찾아올 수 있었단 말이냐?"

유부가 고했다.

"저 개가 발로 땅을 헤치며 다섯 군데를 파 놓기에 그 안에 묻어 놓은 것을 거두어 왔습니다."

부인은 비로소 숙향의 말을 이해하게 되었다.

"낭자는 범상한 사람이 아니로다."

부인은 생각했다.

하루는 부인이 숙향을 불러 몇 가지를 물었다.

"너는 그동안 어떤 일들을 배웠느냐?"

"어려서 부모님을 여의었기에 배운 것이 별로 없습니다만, 곁에서 본 것은 있사오니 무엇이든 해보겠습니다."

그러자 부인이 비단 한 필을 건네며 말했다.

"이것으로 상서의 관대*를 만들려고 하는데, 눈이 침침하여 바느질을 잘하지 못하겠구나. 네가 대신 지어 보아라."

숙향이 비단을 받아 가지고 돌아와 살펴보니, 그리 좋은 것이 아니었다. 숙향은 속으로 생각했다.

'이것은 진실로 상서께서 입으실 옷을 짓게 하려는 것이 아닌 것 같아. 혹시 나의 재주를 시험해 보려는 것이 아닐까?

숙향에게는 예전에 손수 짜 놓은 비단이 있었는데, 마침 그것이 부인께서 주신 비단과 색깔이 같았다. 숙향은 자기가 가지고 있는 비단과 바꾸어 삼일 만에 관복을 지었다. 숙향이 시녀를 시켜 부인께 그 관복을 전해 드리니, 시녀가 부인을 찾아와 여쭈었다.

"벌써 관대를 다 지었다고 합니다."

부인이 웃으면서 말했다.

"관대는 다른 옷과 달라서 만드는 데 시간이 오래 걸리느니라. 내가 젊었을 때는 솜씨가 좋아 모두 나를 따를 수 없다고 했지. 하지만 나도 대엿새는 걸렸느니라. 숙향이 아무리 재주 있다고 한들 사흘 만에 지었다니, 헛된 말이로다."

부인이 이렇게 말할 때, 숙향이 관대를 가지고 들어와 여쭈었다.

"소녀가 처음 해보는 것이기에, 모양새와 솜씨가 변변치 못합니다."

부인이 관대를 보더니 매우 놀라며 말했다.

"저기 저 관대보다 백 배나 더 아름답도다. 그런데 그 비단은 내가 준 것이 아니로다."

"주신 비단이 좋지 못하기에, 제가 할머니 집에 있을 때 짜 두었던 비단 중에 마침 같은 색이 있어서, 그것으로 지었습니다."

부인은 아름답다고 칭찬하고 즉시 관대를 가지고 상서가 있는 곳으로 들어갔다.

"새 관대를 입어 보세요."

상서가 관대를 받들어 입으며 말했다.

---

* 관대(冠帶) | 옛날 벼슬아치들의 공식 복장. 지금은 전통 혼례 때 신랑이 입는다.

"부인이 연세가 드신 후로는 내 몸에 맞는 관대를 입어 보지 못했는데, 이 관대는 기특하게 지었구려. 내가 늦게서야 호사를 하나 보오."

"그 비단은 어떻습니까?"

"비단도 좋지만 솜씨가 더욱 기특합니다."

"비단도 낭자가 손수 짠 것이요, 솜씨도 낭자의 솜씨입니다."

"허허, 범상한 재주가 아니로다."

상서는 숙향에게 많은 상을 내렸다. 이를 본 부인도 매우 기뻐하였다.

하루는 황제께서 신하를 보내시어 상서를 궁궐로 불러들이셨다. 상서가 행장을 차려서 궁궐로 가려고 하다가 흉배*를 보고서 말했다.

"관대는 좋은데 흉배가 어울리지 않게 초라하구려. 어디 가서 좋은 흉배를 사오시게."

부인이 말했다.

"상서께서 붙이시는 흉배를 어찌 쉽게 구할 수 있겠습니까?"

곁에 있는 숙향이 여쭈었다.

"상서께서는 어떤 흉배를 붙이십니까?"

"상서께서는 벼슬이 일품이요 가자*도 일품인지라, 백학白鶴 흉배를 붙이느니라."

"저는 어려서부터 수놓기를 배웠습니다. 제가 한 번 수놓아 보겠습니다."

"흉배는 수놓기가 어렵느니라. 상서께서 황성에 가실 날이 급한데, 네가 아무리 재주가 능하다지만 기일에 맞게 할 수가 없을 것이다."

하지만 숙향은 방으로 돌아와 밤새도록 수놓아 이튿날 저녁 부인께 드렸

* 흉배(胸背) | 문무관(文武官)이 입는 관복의 가슴과 등에 학이나 범을 수놓아 붙인 사각형의 표장(表章).
* 가자(加資) | 관원들의 임기가 찼거나 근무 성적이 좋을 때 품계를 올려 주는 일. 혹은 그 올린 품계.

다. 상서와 부인이 이를 보시고 크게 놀라서 말했다.

"진실로 낭자는 신이 보내 주신 사람인가 봅니다."

상서가 황성으로 들어가 황제께 절을 올리니 황제께서 물었다.

"경이 입은 관대와 흉배는 어디서 얻었는가?"

"신의 며느리가 지었사옵니다."

"경의 아들이 죽었는가?"

"살았나이다."

"그대의 관대를 보니 비단에는 은하수 물결처럼 어른거리는 무늬가 있고, 흉배에는 짝 잃은 학의 모습이 수놓아 있기에 묻노라."

상서가 크게 놀라 다시 엎드려 아뢰었다.

"황상께서는 진실로 해와 달의 정기를 지니셨나이다."

상서가 황제께 이선이 숙향과 만난 전후의 사연을 여쭈어 올렸다. 황제께서 칭찬하셨다.

"이 사람의 절행과 재주는 고금에 드물도다. 경의 충성이 지극하므로 하늘이 주신 바로다."

황제께서는 상서에게 많은 상을 내려 주셨다. 상서는 황제의 은혜에 사례하고 집으로 돌아와 부인에게 황제께서 하신 말씀을 들려주었다. 황제께서 내려 주신 보배는 모두 숙향 낭자에게 주었다. 그 후부터 상서는 숙향 낭자를 더욱 사랑하였다.

숙향 낭자는 상서 댁에 온 후로 마음이 편안해져서, 모습도 더욱 아름다워지고 표정에는 평화가 가득했다. 숙향 낭자를 보는 사람은 칭찬을 아끼지 않았다.

이선 도령은 숙향 낭자에게 삽살개를 보낸 뒤 한 번도 소식을 들을 수 없었다. 이선은 날마다 집 생각이 나서 궁금했다.

황성에서는 하늘을 살펴보고 운수를 헤아리는 일을 맡은 태사원관*이 황제께 이렇게 아뢰었다.

"요사이 태을성이 계속하여 태학에 비치고, 모든 별이 좋은 징조를 나타내기 시작했습니다. 아마도 태학에 어진 사람이 있는 게 분명합니다. 이제 과거 시험을 보게 하소서."

황제께서는 이를 허락하셨다. 황제께서는 서울의 선비들을 모아 과거 시험을 보게 하였다. 여기서 장원급제를 한 선비는 이선이었다. 황제께서는 그를 가장 아름답게 여기시어 즉시 한림학사*의 벼슬을 내려 주셨다.

이선은 예의를 갖추어 황제의 은혜에 감사드리고 집으로 돌아왔다.

이선은 숙부인을 모시고 가면서 자신이 지나갈 곳에 미리 공문을 보내어 그리로 지나간다는 것을 알렸다. 각 고을의 수령은 이선에게 존경하는 마음을 전했다. 이선의 행차를 구경하는 사람들도 모두 칭찬을 아끼지 않았다.

이선은 낙양 땅으로 들어가 숙부인께 고했다.

"제가 이리 된 것은 모두 대성사 부처님의 덕분입니다. 가는 길에 그리로 들러서 부처님을 뵙고 가겠습니다. 고모님께서는 먼저 저희 집으로 가셔서 경사스러운 잔치를 준비해 주세요."

부인이 이를 허락하고서 먼저 길을 떠났다.

이선이 대성사를 다녀온 뒤 숙향 낭자의 집으로 갔다. 그 집은 쑥대밭이나 다름없이 쇠락해 있었다. 이선은 낙심하여 머리를 땅에 부딪치며 하늘을 우러러 탄식했다.

"낭자가 나를 위해 있다가 죽었으니 내 이제 높은 벼슬을 한들 무엇이 귀하

---

* 태사원관(太師院官) | 천체의 운행을 관찰하여 운수나 날씨에 관한 일을 예측하는 관청의 관리.
* 한림학사(翰林學士) | 주로 조서(詔書)를 기초하는 일을 담당하던 벼슬 이름.

리요? 슬프다, 낭자여! 삼생*의 아름다운 약속과 백 년의 굳은 맹세가 모두 허사가 되었네. 어찌하여 황천길로 갔는가? 나도 부모님을 만나 뵈 온 후에 낭자의 무덤을 찾아가 함께 죽으리라."

이선이 집으로 돌아오니 아버지와 어머니가 중문까지 나와 반겨 맞았다. 이선의 마음은 여전히 쓸쓸했다. 이선의 얼굴에서 기쁜 기색을 찾을 수 없는 것을 이상하게 여긴 어머니가 물었다.

"네가 급제하여 부모에게 지극한 영화를 보여 주었는데, 무슨 고민이라도 있느냐? 눈물 흘린 흔적이 있으니 무슨 일이냐?"

이선이 긴 한숨을 쉬며 말했다.

"피곤해서 그런가 봅니다."

부인이 그 뜻을 짐작하여 말했다.

"너를 위하여 숙향 낭자를 집에 데려온 지 오래되었구나."

이선은 그 말을 곧이듣지 않았다. 부인이 시비를 명하여 숙향 낭자를 나오게 한 뒤 안으로 들어갔다. 잠시 후 과연 숙향 낭자가 나오더니 이선을 바라보고 슬픈 표정을 지었다. 이선이 눈을 들어 바라보니 분명히 숙향 낭자였다. 이선은 마음에 맺힌 정을 진정하지 못하여 옥같이 고운 손을 부여잡고 경황없이 주저앉았다. 숙향 낭자가 말했다.

"오시느라 피곤하실 텐데 방으로 들어가세요."

이선이 대답했다.

"요행히 급제하였으니 몸은 피곤하지 않습니다. 낭자를 위해 밤낮으로 간장만 썩히다가 집으로 오는 길에 이화정으로 찾아갔지요. 개 소리조차 들리지 않은 채 적막하고, 바람 소리만 들려와 마음이 저절로 슬퍼지더군요. 한숨만 짓다가 돌아왔더니 천만뜻밖에 낭자를 만나게 되었습니다. 이제는 아무런 한도 없습니다."

이선이 낭자의 손을 잡고 봉황당으로 들어갔다. 이를 지켜본 사람들이 모두 말했다.

"저렇게 좋은 인연인데, 상서께서 아무리 만나지 못하게 하신다 해도 어찌 쉽사리 헤어질 수 있겠는가?"

부인이 보시고 못내 기뻐하여 삼일 동안 잔치를 하였다. 숙부인 댁에서도 삼일 동안 잔치를 하니, 가깝고 먼 친척들이 와서 모두 축하하면서 칭찬해 주었다.

이상서가 이선에게 말했다.

"요새 숙향 낭자를 보니 인물과 행실이 부족함이 없더구나. 다만 네가 황제께 알리지도 않고 몰래 장가를 들었으니 시비가 있을 듯하다. 일전에 양왕이 자기 딸과 너를 혼인시키자고 청하기에, 내가 허락한 일이 있었느니라. 양왕이 분명 혼인하자고 다시 재촉할 것이니 어찌하면 좋겠느냐?"

"그런 일은 어렵지 않습니다. 아버님께서는 염려 마소서."

이선이 황성으로 들어가 숙향 낭자와 혼인한 사연을 고했다. 황제께서는 이전에 숙향의 일을 들은 적이 있는지라. 선의 상소를 보시고 즉시 형부*에 명을 내리시기를, 숙향 낭자의 절행은 비록 옛사람이라도 미치지 못할 것이니 특별히 정렬 부인을 봉하라고 하셨다.

법관이 아뢰었다.

"여자의 벼슬은 사나이의 품계*를 따르는 법이옵니다. 이제 이선의 벼슬이 오품인데 그 여인에게 더 높은 일품 벼슬을 내리셨으니, 이는 마땅치 않사옵니다."

* 삼생(三生) | 불교에서 전생(前生), 현생(現生), 내생(來生)인 과거세, 현재세, 미래세를 통틀어 이르는 말.
* 형부(刑部) | 육부 중 법률·소송·재판에 관한 일을 맡아보던 관아.
* 품계(品階) | 벼슬의 등급(품직).

황제께서 말씀하셨다.

"그렇다면 천하에 지아비가 없는 어린 처녀는 비록 효행이 있다 하여도 벼슬을 받지 못한다는 것이오?"

황제께서는 특별히 이선에게 간의대부 벼슬을 내려 주셨다. 조정에서는 감히 아무 말도 꺼내지 못했다.

그 뒤 이선의 명망이 자자했다.

은혜 갚은 숙향

그러던 어느 날, 양왕이 이선의 아버지에게 사람을 보내어 자기 딸과 이선을 혼인시키자고 재촉했다. 이상서가 이 일로 민망해하자, 이선이 고했다.

"제가 자연스럽게 그 혼인이 허사가 되도록 만들 것입니다. 아버지께서는 염려하지 마소서."

이때 형주 땅에는 흉년이 들어 백성의 생활이 어려워졌고, 모든 백성이 도적이 되어 장차 난리를 일으키려 한다는 소식이 들렸다. 황제께서는 이 일을 가장 근심하셨다.

간의대부 벼슬에 있는 이선이 황제께 아뢰었다.

"천도가 변하는 것은 모두 인심에 달렸습니다. 형주의 관원이 어질지 못하여 백성을 보살피지 못해 재앙이 들었습니다. 백성은 배고픔과 추위를 이기지 못하여 도적이 되었습니다. 소신이 비록 재주가 없사오나 형주의 원님이 되어 백성을 구하겠습니다."

황제께서는 매우 기뻐하시며 이선을 형주좌사로 임명하셨다. 그리고 형주에 소속된 관원들의 됨됨이를 가려내어 임의로 내치거나 상을 줄 수 있는 자격을 주셨다.

형주좌사가 된 이선은 황제의 은혜에 감사드리고 집으로 돌아왔다. 아버지인 이상서가 말했다.

"옛글에 이르기를, '임금을 섬길 날은 많고 부모를 섬길 날은 적다.'고 하였느니라. 네가 공명을 얻어 떠나는 길이니 한스러울 것은 없지만, 천 리 밖

먼 곳으로 떠난다니, 부모 된 마음으로 서럽고도 서운하구나. 그 땅에는 도적이 많다는데 그 일이 걱정스럽구나."

이선이 고했다.

"이번에 제가 떠나는 것은 위로는 나라를 위하여 백성을 다스리고, 아래로는 양왕의 구혼을 거절하기 위해서입니다. 부모님께서는 너무 염려하지 마소서."

말을 마친 이선은 자기 방으로 들어가 숙향 낭자에게 말했다.

"나는 황제의 명령이 중하기에 먼저 가오니, 부인은 차비를 갖추어 따라오소서."

"형주에서 남군까지는 얼마나 먼가요?"

"남군은 형주에 속한 읍입니다."

"제가 뒤따라가는 길에 은혜를 갚을 곳이 많사온데, 어찌해야 좋을지요?"

"부인 마음대로 하소서."

이윽고 이선은 숙향 낭자와 이별의 인사를 나누고 집을 떠났다.

이선은 여러 날 만에 형주에 도임했다. 이 일을 알게 된 도적들이 서로 말했다.

"나라에서 특별히 좌사를 보내어 우리를 다 잡아 죽이라고 했다네. 이 일을 장차 어찌하겠나?"

이선은 각 고을의 관청에 자신이 도착하는 일정을 미리 알렸다. 그곳에 직접 들러 친히 순행하면서, 한편으로는 탐관오리*를 내치고 한편으로는 백성이 농업에 힘쓰도록 권장했다. 백성은 이선의 다스림을 칭찬하는 한편 감사하는 마음을 갖게 되었다.

이상서가 황성에 다녀온 뒤 며느리인 숙향을 불러서 말했다.

"형주에 도적이 많다기에 너를 보내는 것이 염려되었는데, 좌사(이상서의 아들 이선)가 도적들을 잘 다스려 선량한 백성이 되게 했다는구나. 이제는 너를 보낼 수 있겠다."

숙향은 할머니의 무덤에 찾아가 제물을 갖추고 제문을 지어 제사를 지냈다. 제사를 마치자 삽살개가 제사상 위에 차려놓은 음식을 먹었다. 숙향이 개의 등을 어루만지며 말했다.

"네가 아니었으면, 내가 어찌 살았겠느냐? 지난 일을 생각하니 슬픔을 금할 길 없구나."

개가 발로 땅을 헤쳐서 흙을 파 놓기에, 숙향은 파헤친 흙의 모습을 살펴보았다. 그 흙은 다음과 같은 글자 모양이었다.

인연이 다하여 이제 저는 떠납니다.

이를 본 숙향 부인은 뜻밖의 일인데다 서운하기도 했다.

"나와 함께 고생했는데, 이렇게 떠난다니 슬프고 서운하구나! 네가 베풀어 준 은혜를 어찌 다 갚을 수 있을까?"

개는 할머니의 무덤을 가리키더니 숙향을 향해 두 번 절하고 뒤돌아보았다. 개가 서너 걸음을 가다가 다시 뒤돌아서 부인을 보더니 크게 한 번 짖었다. 그리고 다시 발길을 옮겼다. 그때 갑자기 검은 구름이 일어나더니 개가 서 있는 곳을 둘러쌌다. 잠시 후 그 구름이 걷히자 개는 간 곳 없이 사라졌다. 숙향 부인은 울면서 말했다.

"저 개도 하늘 짐승이로다."

숙향 부인은 개가 서 있던 곳에 관곽을 갖추어 묻었다. 그리고 제문을 지어

* 탐관오리(貪官汚吏) | 백성의 재물을 탐내어 빼앗는, 행실이 깨끗하지 못한 관리.

제사를 지냈다. 제문은 다음과 같았다.

하늘에서 온 개가 속세에 내려와 죽게 된 숙향을 위로해 주다가,

하루아침에 홀연히 떠나가니 그 은혜를 잊을 길 없도다.

평생을 함께 하려 했는데 이제는 헤어지게 되었도다.

살았을 때나 죽은 뒤라도 잊을 수 없으니,

다시 만나기를 바라노라.

숙향은 집으로 돌아와 상서 부부께 하직하고 길을 떠났다. 그리고 형주에서 온 하인에게 이렇게 분부했다.

"내가 가는 길에 제사 지낼 곳이 많으니 가는 길의 지명들을 각각 고하라."

숙향 부인의 일행이 길을 떠난 지 여러 날이 되자, 예전에 화재를 당했던 노전의 갈대밭에 이르렀다. 숙향은 지난날 화덕진군이 베풀어 준 은혜를 생각하면서 제문을 지어 제사 지냈다. 그러자 술잔에 부은 술이 간데없이 사라지고, 새알만한 구슬 두 개가 담겨 있었다. 그 빛이 아름답고 황홀했다. 숙향은 이를 기이하게 여겨 구슬들을 잘 간수하고 떠났다.

한참을 지나 어떤 물가에 다다르자 숙향이 물었다.

"이 물이 표진이냐?"

하인이 고했다.

"표진강은 여기서 이천 리나 떨어져 있습니다. 이 물은 양양하*입니다. 표진강으로 가시려면 여러 강물을 건너야 합니다. 이 물을 건너서 육지로 가겠습니다."

숙향 부인은 서운한 마음으로 배를 타고 길을 떠났다. 배가 반쯤 갔을 때, 갑자기 동풍이 일어났다. 사공은 배를 제어하지 못하여 노를 놓은 채 바람결

에 떠가도록 내버려 두었다. 배는 서쪽을 향해 갔다. 물결은 하늘에 닿을 듯 굽이치는데, 배는 화살처럼 빨리 쏠려가고 있었다. 이윽고 바람이 자고 물결이 고요해졌다. 비로소 마음은 편해졌으나 사람들은 모두 배가 고팠다. 사람들이 배를 물가에 대려고 했다.

그때 문득 푸른 물결 저 멀리 어디에선가 피리 소리가 들려왔다. 숙향이 그쪽을 바라보니 연꽃으로 만든 배에 탄 여자 아이 둘이 옥피리를 불면서 다가왔다. 자세히 살펴보니 그들은 표진강에서 자신을 구해 준 바로 그 선녀인 듯했다. 숙향 부인은 매우 반가워서 말을 건네려고 했다. 그때 배가 나는 듯이 다가왔다. 여자 아이들은 피리 불기를 그치고 글을 읊었다. 부인이 자세히 들으니 이러했다.

지난 해 바로 오늘 숙향 낭자를 만났더니,
금년 바로 오늘에야 숙향 부인을 만났도다.
반가운 마음은 예전 같지만,
사람들이 많아 말로 하기가 어렵도다.
지난날 화덕진군이 건네준 화주*를 어찌하였기에
모두가 굶주리는데도 구해 주지 않는가?

이 말을 들은 숙향 부인이 생각했다.
'노전에서 화덕진군께 제사를 지냈을 때 기이한 구슬 두 개를 얻었는데, 아마도 그것이 화주인가 보구나.'

* 양양하(襄陽河) | 중국 귀주성(貴州省) 귀양현(貴陽縣)의 남문(南門) 밖에 있는 강 이름.
* 화주(火珠) | 불을 일으키는 구슬.

숙향 부인은 쌀을 씻어 그릇에 담고 구슬을 놓아두었다. 그러자 저절로 쌀이 익어 밥이 되었다. 모든 사람이 그것을 먹으면서 기이하게 여겼다.

숙향 부인의 일행이 표진강에 다다르자 뱃사공이 크게 놀라면서 말했다.

"양양에서 여기까지는 일천구백 리나 됩니다. 비록 순풍을 만났다 하더라도 보름 만에 올 수 없는 거리입니다. 물길도 험난하여 여태껏 무사히 온 사람이 없었는데, 하루 만에 양양에서 여기까지 오셨다니 신통합니다."

이 말을 들은 숙향 부인이 하인에게 분부하여 제물을 갖추어 오게 한 뒤 제사를 지냈다. 제문은 이러했다.

표진에 남았던 이 몸이 표진에 다시 왔습니다.
지난 해 바로 오늘 용왕께서 구해 주셨는데,
올해 바로 오늘 또다시 용왕께서 구해 주셨습니다.
일천구백 리를 하루아침에 당도했으니,
그 은혜는 산처럼 높고 바다같이 깊어 잊을 수가 없습니다.
맑은 술 한 잔을 신령님께 올리오니,
바다와 육지가 서로 다르지만
지극한 정성에 감응하여 주소서.

숙향 부인이 제문 읽기를 마치자, 물속에서 갑자기 오색 구름이 일어나 자욱해졌다. 이윽고 구름이 걷히자 제물은 하나도 남아 있지 않고, 그릇 안에 금은보화가 가득히 들어 있었다. 술잔에는 구슬이 담겨 있는데, 그 빛은 불빛처럼 찬란했으며 크기는 오리알만했다.

'이는 분명 용왕 부인께서 감응하신 조화로다.'

숙향 부인은 이렇게 생각하고, 그것들을 잘 간수하여 길을 떠났다.

잠시 후 하인이 아뢰었다.

"이 땅은 형주에 속한 남군 땅입니다. 이 고을에서 머무실 곳을 정할까요?"

숙향 부인이 물었다.

"고을이 여기서 얼마나 걸리는가?"

"삼 리나 됩니다."

"이곳에 장승상 댁이 있느냐?"

"저 동산 밑입니다."

"내 몸이 피곤하여 멀리 가지는 못하겠구나. 고을에 기별하여 예의를 갖추어 나를 찾아오라 하여라."

숙향 부인은 장승상 댁에서 하루 동안 머물다가 떠나려고 했다. 하인이 고을로 그 뜻을 전했다. 이 소식을 들은 태수는 놀라서 즉시 예의를 갖추어 장승상 댁으로 찾아갔다. 숙향 부인을 곁에서 모신 군사가 만 명이 넘었으며, 시녀는 삼천여 명이나 되었는데 모두 아름답게 칠보 단장을 하였다. 숙향 부인을 모신 일행은 마치 아름다운 꽃밭처럼 화려하고 아름다웠다. 숙향 부인은 비단으로 장식한 가마를 타고 풍악을 울리면서 안으로 들어갔다. 이를 구경하는 사람들 중에 감탄하지 않는 이가 없었다.

이때는 봄이었다. 장승상 부부는 좌사 부인이 온다는 말을 듣고 영춘당에 비단 자리를 마련하게 하고 그리로 모셨다. 장승상 부인이 시녀로 하여금 좌사 부인께 이렇게 전하라고 하였다.

"존귀하신 행차께서 이처럼 누추한 곳에 들르시니 저희 집에 광채가 찬란해지는 듯합니다. 바로 나아가 뵈어야 할 터이나, 마침 오늘 저희 집안에 제사가 있어 내일 찾아뵙고 인사를 올릴까 하옵니다."

정렬 부인(황제가 숙향 부인에게 내린 이름)이 대답했다.

"지나가는 길에 귀한 댁에 찾아와 좋은 경치를 구경하게 되어 다행히 여기던 차에, 먼저 안부를 물으시니 지극히 감격하옵니다. 우리가 모두 여자인지라 피차 허물이 없사오니, 내일 만나 뵙고 이야기를 나누겠습니다."

말을 마친 뒤 정렬 부인은 글 한 편을 지어 시녀에게 읊게 했다. 장승상 부인이 들으니 이러한 내용이었다.

지난 해 영춘당에서 봄을 만나니
계수나무 꽃이 나를 보고 반겼는데,
금년에 저 꽃을 다시 또 보니
반갑기도 하고 슬프기도 하네.
영춘당 꽃은 나를 보고 반기지만
나 홀로 지난날을 생각하니
마음만 저절로 슬퍼진다오.

장승상 부인은 그 글을 외워두었다가 장승상 처소로 돌아와 그대로 읊어주었다. 장승상이 말했다.

"고이하도다. 그 부인이 이곳에 오신 것이 처음인데, '예전에 본 꽃'이라고 하셨으니, 매우 고이한 일이로다."

정렬 부인은 영춘당에서 시녀들과 즐기며 지내다가 밤이 깊어서야 잠이 들었다. 정렬 부인은 꿈에서 장승상 부인의 방으로 들어갔다. 그 방 안에는 자기 모습을 그린 듯한 족자가 걸려 있었다. 장승상 부인이 그 족자 아래에 제물을 차려 놓고서 눈물을 흘리며 이렇게 말하고 있었다.

"슬프다, 숙향아! 네가 살아 있다면 귀한 집에 시집보내 저 좌사 부인처럼 되었을 텐데, 어이하여 죽었단 말이냐?"

장승상 부인은 말을 마치자 슬프게 통곡하였다. 정렬 부인은 그 제물을 먹다가 잠에서 깨어났다. 고요한 어둠을 가르고 어디선가 부인의 울음소리가 들려왔다. 정렬 부인이 시녀에게 물었다.

"이 울음소리가 어디서 나는고? 알아보아라!"

잠시 후 시녀가 고했다.

"안채에 계신 승상 부인께서 울면서 '내 딸 숙향아! 네가 살아 있다면 저렇게 귀하게 되었을 것을……' 이렇게 말씀하시며 울고 계십니다."

정렬 부인이 눈물지으며 말했다.

"부인과 나와 전생의 연분이 두텁도다. 지난 해 바로 오늘이 내가 표진강에 빠진 그 날이니라. 그런 까닭에 부인께서 나를 위해 제사를 지내시는 것이로다."

정렬 부인은 매우 감격하는 한편, 지난날을 생각하니 가슴속에 슬픔이 차올랐다.

날이 밝자 장승상 부인께서 정렬 부인의 처소로 나온다는 기별이 올라왔다. 정렬 부인이 반갑게 맞이하자 장승상 부인이 말했다.

"오늘 손님 덕분에 귀한 경사를 보게 되니 다행입니다."

장승상 부인이 잔치를 베푸시니, 그 음식이 정결한데 마치 꿈에 본 음식 같았다. 정렬 부인이 말했다.

"오는 길에 몸이 피곤하여 고을까지 바로 가지 못하겠기에, 잠시 쉬어 가려고 남군 태수 승상 댁에 숙소를 정했습니다. 덕분에 좋은 경치도 구경하였을 뿐 아니라 잘 쉬었습니다. 부인께서 이렇듯 후하게 대접해 주시니 지극히 감사하옵니다."

장승상 부인이 물었다.

"부인의 연세는 어떻게 되시나요?"

"스무 살입니다."

이 말을 들은 장승상 부인은 긴 한숨을 쉬더니 눈물을 지었다. 정렬 부인이 물었다.

"무슨 사연이 있기에 이렇듯 슬퍼하십니까?"

"저는 전생의 죄가 무거워 자식이 없었답니다. 늦게서야 양녀를 들였는데, 그 아이의 나이가 부인과 동갑이었지요. 그 아이를 생각하니 자연히 슬퍼집니다."

이렇게 말할 즈음, 문득 까치 한 마리가 난간 앞으로 날아와 울었다. 정렬 부인이 말했다.

"저 까치가 예전에 울어 우리 숙향을 죽게 하더니, 이제 또 무슨 일이 있으려고 저렇게 운단 말인가?"

"부인께서 어떻게 숙향의 일을 아십니까?"

"어떤 사람이 그런 이야기를 담은 족자를 팔았는데, 제목을 '숙향'이라 하였기에 대강 알고 있었습니다."

"혹시 그 족자를 갖고 계십니까?"

정렬 부인이 즉시 시녀를 명하여 그 족자를 내어다가 보여 주었다. 거기에는 숙향이 고생하던 일들이 뚜렷하게 그려져 있었다. 족자를 본 장승상 부인은 갑자기 울음을 터뜨렸다. 정렬 부인이 위로하여 말했다.

"제가 예전에 이 그림을 본 적이 있고 이 집안의 일을 알고 있었기에 족자를 보여 드렸을 뿐인데 이토록 슬퍼하시니, 도리어 죄송합니다."

장승상 부인은 한참 동안 말을 잇지 못하다가 입을 열었다.

"어찌 그런 말씀을 하십니까? 아마도 그 그림이 슬픈 마음이 들게 하나봅니다."

이윽고 장승상 부인은 그동안 숙향이 겪었던 일들을 자세히 들려주었다. 정렬 부인이 말했다.

"친자식이라도 이보다 더 사무치게 그리워할 수 없겠습니다. 하물며 숙향은 남의 자식인데도 이처럼 슬퍼하십니까?"

"이생은 물론이고 후생에라도 숙향을 잊지는 못할 것입니다. 그 족자를 보니 숙향을 대한 듯합니다. 제게 팔고 가소서."

"족자를 갖고 싶어하시면 그냥 드릴 수 있겠지만, 좌사(숙향의 남편인 이선)께서 그 족자를 매우 사랑하시는 까닭에 팔기가 어렵습니다. 하오나 비싼 값을 주신다면 팔고 가겠습니다."

"내 집이 비록 가난하나 숙향을 위하여 황금 일만 냥과 백금 십만 냥, 노비 수백 명을 남겨 두었지요. 이제 전해 줄 사람도 없게 되었습니다. 이 모든 것을 다 드릴 것이니 그 족자를 제게 주고 가소서."

"숙향의 초상화가 있다고 하시니 한 번 구경할 수 있을는지요?"

"제가 자는 방에 걸어 두었으니 함께 가 보시지요."

말을 마치고 장승상 부인은 정렬 부인을 데리고 방으로 갔다. 정렬 부인이 그림을 바라보니, 과연 자신의 어렸을 적 얼굴이 그려져 있었다. 그 그림은 비단 휘장을 둘러 보관하고 있었으며, 그 아래에는 탁상을 놓고 온갖 음식을 차려 놓았는데, 마치 언제라도 먹을 수 있을 것처럼 보였다. 이것을 본 정렬 부인이 웃으며 말했다.

"부인이 숙향을 잊지 못한 것은 그 고운 얼굴을 기억하고 계시기 때문입니다. 제가 비록 곱지는 못하오나 숙향과 닮았는지 보소서."

정렬 부인이 비단 휘장을 걷고 화상 곁에 다가섰다. 이를 지켜본 시녀들이 모두 놀라며 말했다.

"숙향 낭자의 초상화가 살아나서 부인이 되었거나, 부인이 변하여 숙향 낭자의 초상화가 된 듯하옵니다."

이를 본 장승상 부인은 갑자기 황홀하여 어떻게 해야 할지를 모른 채 눈물만 흘렸다. 정렬 부인은 그제야 나와서 두 번 절하고 여쭈었다.

"부인이 지금까지 저를 잊지 않으시어 이토록 마음속 깊이 상처를 입으셨을 줄 어찌 알았겠습니까?"

말을 마친 숙향은 자신이 잠을 자던 방으로 들어가서 말했다.

"제가 과연 숙향입니다. 혹시 제가 이 집을 떠날 때 써 놓은 글을 보셨나이까?"

장승상 부인은 너무 놀라 그만 정신을 잃었다. 잠시 후 겨우 정신을 차린 장승상 부인이 인사를 차리고 말했다.

"내 딸 숙향아! 나는 네가 죽은 줄로만 알았구나! 오늘 이렇게 다시 만나게 될 줄 어찌 알았겠느냐?"

장승상 부인과 숙향은 서로 목을 안고 구르며 한편으로 기뻐하고, 다른 한편으로는 슬퍼했다. 그 감격하는 모습은 이루 헤아릴 수가 없었다.

장승상도 이 소식을 듣고서 급히 안으로 들어와 숙향을 붙들고 말했다.

"이것이 참이냐, 꿈이냐? 진정 내 딸 숙향이냐?"

말을 마친 장승상이 통곡했다. 정렬 부인이 위로하며 말했다.

"너무 슬퍼 마세요. 제가 만남을 축하하는 낙봉연樂逢宴을 마련하려고 음식과 술을 준비해 왔습니다. 오늘은 태평한 마음으로 즐기세요."

정렬 부인은 시녀들을 불러 승상 내외분의 복을 빌기 위해 잔치를 준비하라고 이른 뒤, 온갖 맛있는 음식을 갖추어 사흘 동안 큰 잔치를 열었다. 이 잔치에 참여한 사람들 중에서 이들을 칭찬하지 않는 이가 없었다. 모두 즐거워하면서 말했다.

"승상이 자식이 없어 한이더니, 자식 있는 사람이라 하더라도 이보다 더한 영화를 누릴 수 있을까?"

정렬 부인은 승상 댁에서 여러 날 동안 머무르면서 회포를 풀었다. 그러나 남편인 이좌사를 만나러 가는 길이었기에 장승상 부부께 하직 인사를 드렸다.

"여기서 형주가 멀지 않으니 좌사에게 전하여 사람을 보내 드리겠습니다. 그리로 다녀가세요."

정렬 부인은 가지고 온 금은보화를 가득히 드리고 안타까운 작별을 나누었다.

정렬 부인은 장사 땅을 지나다가 어떤 곳에 이르렀다. 어디선가 잔나비와 사슴, 황새가 무수히 모여들더니 숙향의 행차를 피하지도 않고 서 있었다. 이를 본 하인들이 활과 쇠뇌*로 잡으려 하였다. 정렬 부인은 이를 말렸다. 그리고 장사 고을로 기별을 하여 백미 삼백 석을 가져다가 밥을 지어 정성껏 차려 놓고 말했다.

"내가 궁핍하고 지쳐서 죽을 지경이었을 때, 너희가 구해 주지 않았더라면, 어떻게 이처럼 살아나 귀하게 될 수 있었을까? 너희의 은혜를 생각하면 죽어서 백골이 될지라도 잊을 수가 없구나. 그 은혜를 어찌 다 갚으리오?"

정렬 부인이 짐승들 앞에 음식을 차려 놓자 일제히 먹고서 돌아갔다.

정렬 부인이 말했다.

"이제 나를 구해 준 분들의 은혜를 거의 갚았구나. 하지만 아직 부모님을 만나지 못했으니, 언제나 만나 보아 은혜에 보답하고 잘 모실 수 있을까?"

정렬 부인은 길을 떠나서 다시 어떤 곳에 다다랐다. 한 하인이 아뢰었다.

"이 땅이 계양입니다."

정렬 부인은 매우 기뻐했다.

"이화정 할머니와 이별할 때에 계양 태수가 나의 부모님이라고 하셨는데, 이제야 부모님을 만나 보겠구나."

* 쇠뇌 | 발사 장치가 쇠로 된 활. 여러 개의 화살을 연달아 쏘게 되어 있다.

정렬 부인의 행차가 계양에 가까이 다다르자 계양 태수가 직접 나와 문안을 올렸다. 정렬 부인이 태수에게 이름을 묻자 '유도'라고 하였다. 부인이 크게 놀라 하인에게 물었다.

"내가 듣기로는 계양 태수가 '김전'이라고 하였는데, 어찌 그 성명과 다른가?"

하인이 고했다.

"이 고을 사람의 말을 듣자오니, 김전 어르신께서는 계양 태수로 계셨는데, 사람이 어질고 정사를 선량하게 다스려 지난번에 벼슬이 승급되어 양양으로 옮겨가셨다고 하옵니다. 유도라는 분은 새로 오신 태수라고 하옵니다."

이 말을 들은 정렬 부인은 매우 서운했다. 정렬 부인이 다시 물었다.

"여기서 양양이 얼마나 먼가?"

"삼십 리입니다."

"양양이 형주에 소속되었으면, 그리로 가는 길가에 있느냐?"

"그리로 지나가게 되지만, 고을로 들어가려면 돌아가야 하옵니다."

정렬 부인은 그리로 곧바로 가고 싶었지만, 그렇게 하면 하인들이 고생할까 걱정이 되어 난처했다.

반하 용왕이 들려준 숙향 이야기

한편 김전은 낙양에서 수령으로 있을 때 숙향을 죽이라는 이위공(이선의 아버지, 숙향의 시아버지)의 명을 어기는 바람에 계양 원님으로 좌천되어 계양에 머물렀다.

이선은 좌사가 되어 각 관으로 순행하면서 관리들이 고을을 잘 다스리는지에 따라 벼슬도 올려 주고 파직도 시켰다. 그런데 김전은 고을을 제대로 잘 다스려 백성에게 존경과 신뢰를 받았으므로 이선은 그를 다시 양양 태수로 승진시켰다. 양양은 형주 다음으로 규모가 큰 고을이었다. 그 고을 원님의 위엄과 행차는 좌사와 다르지 않았다.

하루는 김전이 형주에 가서 좌사를 만나고 돌아오다가 반야 물가에 다다랐다. 거기서 한 노인이 바위 위에 걸터앉아 움직이지 않고 있는 것을 보았다. 김전의 하인들이 그 노인을 잡아내어 모욕하려 했다. 김전이 그 노인을 보니 범상한 사람이 아닌 듯했다. 김전은 하인을 꾸짖어 물러가게 한 뒤 직접 노인에게 나아가 바라보았다. 그래도 노인은 더욱 거만한 자세로 앉아 꿈쩍도 하지 않았다. 김전은 매우 수상하게 여겨 속으로 생각했다.

'내가 삼천 병마를 거느리고 가니 그 모습만 보아도 두려워할 듯한데, 더욱 교만한 태도를 보이니 이는 분명 신인가 싶도다. 아무튼 나중을 지켜보리라.'

김전은 두 손을 마주 잡고 극진한 예의를 갖추어 인사를 올렸다. 그러나 노인은 한 팔은 자기 다리 위에 얹어 놓고, 한 팔은 베개 삼아 베고서 거만하게 말했다.

"너는 네 갈 길이나 갈 것이지, 누가 너에게 절하라더냐?"

김전은 더욱 수상히 여겨 공손하게 대답했다.

"지나가다가 어르신께 공경을 표하려고 절했사오니 나무라지 마소서."

"네가 진실로 나를 공경했다면 멀리서 절하면 그만일 것이다. 내가 보고 싶으면 오라고 말했을 것이고, 보기 싫으면 잠잠히 있었을 것이다. 너는 네 갈 길만 가면 되거늘, 네 사위인 형주좌사의 덕분으로 좋은 벼슬을 하게 되자 어른을 업신여기는 것이냐? 내가 오라는 말도 하지 않았는데 내 앞에 당돌히 나타나서 도대체 무엇을 물어 보려 하느냐?"

이 말을 들은 김전이 뉘우치고 말했다.

"어르신을 공경하여 절한 것인데 고맙다고 하지는 않으시고 도리어 욕하시면서, 저더러 사위 덕분에 벼슬을 했다고 하시니 이 무슨 말씀이십니까? 저는 본래 자식이 없습니다."

노인은 갑자기 벌컥 화를 냈다.

"그대가 자식이 없다면, 숙향은 하늘에서 떨어졌느냐, 땅에서 솟아났느냐?"

김전은 크게 놀라서 다시 절하고 말했다.

"젊은 사람이 자세한 사정을 알지 못하여 실수하였습니다. 어르신께서는 용서해 주소서."

그제서야 노인의 안색이 풀어졌다. 김전이 말했다.

"전생의 죄가 중하여 자식이 없다가 늦게서야 딸 하나를 얻어 이름을 숙향이라고 지었습니다. 하지만 난리를 만나 서로 이별하고 지금은 생사조차 모릅니다. 저는 밤낮으로 숙향을 잊지 못해 괴로워합니다. 엎드려 비나니 어르신께서 숙향의 생사를 알고 계시다면 제발 가르쳐 주소서."

"숙향의 생사에 대해서는 잠깐 들은 적이 있다만, 배가 고파 말할 수가 없도다."

김전은 일행이 가져온 음식을 내어 드리고 다시 청했다. 그러나 노인은 배가 부르지 않다며 아무 말도 하지 않았다. 김전은 하인에게 분부를 내려 술과 음식을 갖추어 내오라고 일렀다. 노인이 말했다.

"하인이 가져온 음식을 먹으면 이는 하인의 정성을 보여 주는 것이다. 지금 네가 하인의 딸을 찾으려는 것이냐?"

그 말을 들은 김전은 친히 술집으로 가서 삶은 돼지 한 마리와 갖가지 음식을 갖추어 손수 가져다 드렸다. 노인은 사양하지 않고 다 먹은 뒤 웃으며 말했다.

"내가 술이 취하여 말하지 못하겠노라. 네가 데려온 하인은 먼저 보내고 너만 남아 있다가, 내 말을 듣고 싶으면 술이 깰 때까지 기다리거라."

노인은 말을 마치고 잠이 들었다. 김전은 하인을 모두 보내고 혼자 남아 숙향의 소식을 들으려고 하였다.

그때 문득 소나기가 내리더니, 평지에 물이 고여 한 자나 차올랐다. 김전이 서 있는 곳은 물이 어깨까지 차오르고 있었다. 김전은 조금도 동요하지 않고 그대로 서 있었다.

얼마 후 이번에는 강풍이 일더니 갑자기 눈이 내리며 김전의 옷을 적셨다. 김전은 물속에 서 있으면서 눈까지 맞았지만 조금도 흔들리지 않고 서 있었다.

그제서야 노인이 잠에서 깨어나더니 웃음을 머금고 말했다.

"네 태도를 보니 참으로 정성이 지극하도다."

말을 마친 노인은 소매에서 붉은 부채를 꺼내어 부쳤다. 그러자 그 많은 눈이 일시에 사라지고 다시 여름으로 돌아왔다. 김전이 다시 절하고 숙향이 간 곳을 물었다. 노인이 말했다.

"여러 곳에 갔으니 말해 주기는 하겠다만, 잘 찾아갈 수 있겠느냐?"

"아무튼 가르쳐 주십시오."

"도적이 데려갔느니라."

"도적이 데려갔다 하여도 숙향은 살아 있나이까?"

"데려다가 유곡역에 버리고 가니, 파랑새와 까치가 인도하여 명사계 후토 부인의 궁중에 갔다고 하였느니라. 그리로 가서 찾아보라."

"그러면 벌써 죽었나이까?"

"후토 부인이 한 마리 사슴에 태워 남군 땅 장승상 댁 동산에 두고 갔다고 하더라. 그 집에는 자식이 없어 숙향을 자식처럼 기른다고 했으니, 그리로 가서 찾아보라"

"내일이라도 그리로 가서 찾아보면 되겠는지요?"

"그 후에 들으니 그 집 종 사향이라는 년이 모해하여 쫓아냈다고 하더라. 숙향은 갈 곳이 없어 표진강 용왕에게 갔다고 하니, 그리로 가서 찾아보라."

"그러면 벌써 죽었나이다. 육지 같으면 신체나 얻어보련만, 물속에 있는 신체를 어떻게 찾아보겠습니까?"

"또 들으니 연밥을 따는 아이 둘이 연엽주에 실어다가 노전 갈대밭에 내려 주었다고 하더라. 거기서 길을 잘못 들어 불에 타 죽었다고 하더구나. 그곳은 육지니 해골 같은 것이 있을 것이다. 그리로 찾아가 구해 보라."

"그리로 가서 죽은 것이 분명하다면, 이미 여러 해가 지났는데 한 줌 재라도 남았겠사옵니까?"

"화재를 만나 거의 죽게 되었는데 화덕진군이 구하여 살려냈다더구나. 마고 할머니가 인가로 데려갔다고 들었는데, 인가에서 찾아보면 찾을 수 있겠구나."

"사람 사는 집이 많사온데, 지명도 모르오니 어디로 가서 제 자식을 찾아볼 수 있겠습니까? 지명을 일러주소서."

"그대가 숙향을 만나려는 것은 무슨 까닭인가?"

"부모 자식 사이에 어찌 찾아보지 않겠습니까? 천만다행으로 어르신을 만났사오니, 그 덕분에 숙향을 다시 만나 보게 하소서."

노인은 갑자기 눈썹을 찡그리며 말했다.

"숙향을 이토록 사랑한다면 무슨 까닭에 반야산 바위틈에 버리고 갔으며, 낙양 옥중에 갔을 때 어째서 찾지 않았느냐? 이제서야 공연히 늙은 나를 괴롭히며 여러 말을 묻는 것이냐?"

김전이 말했다.

"반야산에 버리고 간 것은 정이 얕아서가 아니라, 사정이 부득이하여 그랬던 것입니다. 낙양의 옥중에 가두었던 여인은 숙향과 이름과 나이가 같았지만, 헤어진 지 오래되어 얼굴이 변한데다가 그 아버지 이름을 모른다기에 제 자식인 줄 몰랐습니다. 모두 다 제가 부족한 죄이오니, 바라옵건대 분명히 가르쳐 주소서."

그제서야 노인은 웃으며 말했다.

"이 모든 것은 그대가 잘못한 죄가 아니라 하늘이 정한 운수이니라. 나는 이 물을 지키는 용왕이로다. 예전에 내 자식이 거북이가 되어 물가로 놀러 나갔다가 어부에게 잡혀 거의 죽게 된 일이 있었느니라. 그때 그대가 구해 주어 살아났으니 나도 자식을 위하여 그대의 은혜를 갚으려고 했느니라. 그런데 그대가 숙향을 잃고 헤매기에 옥황상제께 고하고 인간 세상으로 내려와 숙향의 지난 일을 가르쳐 주려고 그대의 동정을 살펴보았던 것이니라. 만약 그대의 정성이 지극하지 못했더라면 숙향을 만나 보지 못할 뻔하였도다. 숙향은 다섯 번이나 죽을 액을 겪고서 이제는 귀하게 되었느니라. 조만간 형주좌사의 부인이 되어 서로 만나 볼 일이 있을 것이다. 다만 그대가 그동안 숙향이 고생한 일들을 알지 못한다면, 비록 숙향을 만난다고 하더라도 알아보지 못할 것이라, 이렇게 가르쳐 주었느니라. 이제 숙향을 만나 내가 들려준 말과 일치하거든 그대의 자식인 줄 알라."

김전이 두 번 절하고 말했다.

"숙향과 헤어진 지 오래되어 비록 만난다 하여도 자식임을 확인할 길이 없었을 터인데, 용왕님께서 자세히 일러주셨으니 그 은덕에 감격하옵니다. 감히 또 묻사오니 이제는 숙향이 좌사 부인이 되었단 말씀이십니까?"

노인이 말했다.

"그 일은 자연히 알게 될 것이니라. 다음에 다시 보자."

말을 마치고 나자 노인은 문득 간 곳 없이 사라졌다. 김전은 매우 이상하게 여기면서 고을로 돌아와 부인에게 용왕이 일러준 말을 들려주었다. 장씨 부인은 하늘을 향해 이렇게 빌었다.

"숙향을 만나 보고 다시 죽는다면 무슨 한이 있겠습니까? 하오나 좌사 부인이 되어서 온다고 하니, 어디 가서 내 자식이라 하고 찾아보겠습니까?"

장씨 부인은 슬픈 마음을 이기지 못했다.

감격스런 가족 상봉

정렬 부인 숙향은 아버지를 찾기 위해 양양에 가려고 하였으나 마음대로 행차할 수 없어 고민이었다. 밤이 되자 달은 밝고 잠이 오지 않아 창문에 기대어 앉아 혼잣말을 하였다.

'우리 부모님도 살아 계시어 저 달을 보고 나를 생각하실까?'

숙향은 슬픈 마음을 이기지 못하여 자리에서 일어나 서성거렸다.

갑자기 부인 앞에 하얀 뭉게 구름이 일어나더니 신비로운 향내가 진동했다. 어디선가 한 여자 아이가 나타났는데 머리에는 화관을 쓰고 칠보 단장을 하고 있었다. 그 여자 아이는 안으로 들어와 절을 하며 이렇게 말했다.

"부인께서는 저와 이별하신 후에 기체일향*하시나이까?"

부인이 말했다.

"뉘시온지요? 밤인지라 자세히 알아보지 못하겠습니다."

"그 사이에 부인이 나를 잊으셨군요. 나는 마고 할미입니다. 통천교*에서 적송자*와 왕자진*이라는 신선을 만나기로 약속하고, 그리로 바삐 가는 길에 부인을 잊지 못하여 한 말씀 일러드리려고 왔습니다. 부인께서 부모님을 만나시려거든, 이제 형주 땅을 다 돌아보아야 만날 것이니 너무 근심하지 마소서."

여자 아이는 말을 마치고 문득 사라졌다. 정렬 부인이 눈물지으며 말했다.

"할머니께서 나를 잊지 아니하시고 앞길을 가르쳐 주셨으니, 어떠한 어려움이 있더라도 형주를 다 돌아보고 나서 부모님을 만나리라."

이튿날 정렬 부인은 하인에게 분부하여 양양으로 가자고 하였다. 그리고 가는 곳마다 마을에 의롭지 못한 일이 있는지를 살펴보고 떠났다.

정렬 부인의 일행이 양양 땅에 다다르자, 그곳의 태수 김전이 부인 장씨에게 말했다.

"좌사 부인이 큰길로 간다면 이리로 지나가지 않을 것인데, 이리로 지나간다고 하니, 반하 용왕의 말씀이 맞는가 보오. 반하 용왕의 말씀이 숙향이 좌사 부인이 되어 올 것이라고 하더니, 행여 숙향이 우리를 보려고 이리로 찾아오는 것이 아니겠소?"

장씨 부인이 대답했다.

"어젯밤 꿈이 수상하더이다. 그 부인의 근본을 들어 보소서."

장씨 부인은 먼저 종을 보내어 좌사 부인에 관한 소식을 알아오라고 했다. 그러자 장승상의 딸이라는 전갈이 왔다. 김전 부부는 서운한 마음이 들었다. 좌사 부인이 고을에 가까이 오자, 장씨 부인은 직접 가서 보려고 행차가 오는 길에 숙소를 정하고 구경하였다. 갑옷을 입은 군사가 좌사 부인의 행차를 앞뒤로 둘러싼 채 호위하고, 칠보 단장을 한 시녀 삼천여 명이 좌우에서 모시고 있었다. 좌사 부인은 비단으로 장식한 가마를 타고 들어왔다. 그 모습을 본 장씨 부인이 울면서 말했다.

"저 사람의 부모는 누구이기에 저토록 귀한 자식을 두었는가? 우리 숙향도 살아 있다면 행여나 저렇게 되었을까?"

장씨 부인은 슬픈 마음을 진정하지 못했다.

---

* 기체일향(氣體一向) | 웃어른의 몸과 마음이 편안한지를 묻는 말.
* 통천교(通泉橋) | 중국 사천성(四川省) 사홍현(射洪縣) 동남쪽에 있는 다리.
* 적송자(赤松子) | 옛날 중국의 신농씨 때 비를 다스렸다는 신선 이름.
* 왕자진(王子晉) | 왕자교(王子喬). 중국 주(周)나라 영왕(靈王)의 태자. 이름은 '진(晉)'이다. 왕자진이 생황(笙篁)을 연주하면 봉황이 울고 갔다고 하며, 후에 신선이 되어 올라갔다고 한다.

좌사 부인이 객사로 들어와 장씨 부인에게 전했다.

"전에 뵌 적은 없사오나 같은 여자오니, 혹시 달밤에 심심하시면 만나서 말씀이나 나누고 싶습니다."

장씨 부인은 벼슬이 높은 좌사 부인이 직접 만나자고 청한 것이 감격스러워 이렇게 대답했다.

"먼저 말씀을 건네주시니 더욱 감사합니다."

장씨 부인은 즉시 정렬 부인의 앞으로 나아가 인사를 드렸다. 정렬 부인은 칠보 단장을 하고 화관을 썼으며, 황금빛 가마 위에 앉아 있는데, 좌우에는 시녀 삼천 명이 갖가지 빛깔의 비단 옷을 입고서 모시고 서 있었다. 그 광경이 너무나 엄숙하여 장씨 부인은 긴장되었다. 장씨 부인이 그만 돌아가겠다고 청하자 정렬 부인이 의자에서 내려오더니 장씨 부인의 팔을 잡아 동편에 있는 주홍색 의자에 앉으라고 권했다. 장씨 부인은 이를 사양하며 말했다.

"낮은 지위에 있는 제가 어찌 좌사 부인과 같은 자리에 앉겠습니까? 다시 앉으소서."

정렬 부인이 말했다.

"손님과 주인 사이에 어찌 위아래가 있겠습니까? 제가 나이도 훨씬 적지 않사옵니까?"

장씨 부인은 그제서야 자리에 앉으며 물었다.

"부인의 연세가 얼마나 되신지요?"

"스무 살입니다."

그러자 장씨 부인은 눈물을 주르르 흘렸다. 정렬 부인이 물었다.

"어찌하여 이렇듯 슬퍼하시나요?"

"내게도 딸이 하나 있었답니다. 그 애를 생각하니 자연히 마음이 슬퍼집니다."

"저도 어려서 부모님을 여의었는데, 지금까지 소식을 몰라 밤낮으로 슬퍼한답니다."

"부인께서는 몇 살 때 무슨 사정으로 부모님과 헤어지셨는지요? 그동안 누구 집에서 성장하였기에 이처럼 귀하게 되셨습니까?"

정렬 부인이 한숨을 지으며 말했다.

"다섯 살 때 부모님을 여의었으니 얼굴도 기억나지 않습니다. 제가 길 위에서 헤매고 다닐 때 사슴 한 마리가 저를 업어다가 남군 땅 장승상 댁 동산에 두고 갔지요. 그 댁에는 자식이 없었기에 십 년 동안 수양딸로 지냈습니다."

장씨 부인은 전에 남편 김전이 반하 용왕에게 들었다며 일러준 말과 같은 것이 신기했다. 좌사 부인의 말을 가만히 들어 보니 분명히 숙향인 듯싶었다. 그러나 감히 내 자식이라는 말이 나오지 않았다. 장씨 부인은 친히 술잔을 잡아 정렬 부인에게 드렸다. 잔을 받는 정렬 부인의 손을 언뜻 보니, 손가락에 옥지환 한 짝이 끼워져 있었다. 자세히 보니 숙향과 이별할 때 채워 준 바로 그 옥지환이었다. 장씨 부인은 심장이 덜컥 내려앉는 듯했다. 장씨 부인이 물었다.

"부인이 낀 옥지환은 어디에서 얻은 것입니까?"

정렬 부인이 대답했다.

"부모님께서 저와 이별하실 때 제 옷고름에 채워 주신 것입니다. 비록 한 짝이지만, 저는 마치 부모님을 대하는 것처럼 항상 지니고 다닙니다."

장씨 부인은 그제서야 정녕 숙향인 것을 알아보고 이렇게 말했다.

"나에게 그와 똑같은 옥지환 한 짝이 있노라."

장씨 부인이 시비를 불러 성적함*을 내오라고 했다. 그리고 눈물을 흘리며

* 성적함(成赤函) | 분(粉)과 연지를 담아 두는 일종의 화장품 상자.

말했다.

"태수(숙향의 아버지이자 장씨 부인의 남편 김전)께서 젊은 시절에 친구를 만나려고 술과 안주를 가지고 물가에 갔답니다. 그때 태수께서는 어부들이 어떤 거북이를 잡아서 죽이려는 것을 보시고, 가져가신 음식과 거북이를 바꾸자고 한 뒤, 그 거북이를 물에 넣어 살려 주셨지요. 거북이는 은혜를 갚으려고 그랬는지, 나중에 태수께서 위기에 처했을 적에 백운교에 나타나더니 진주 두 개를 주고 갔답니다. 그 진주에는 목숨 수壽 자와 복 복福 자가 써 있었습니다. 태수는 즉시 옥을 다루는 장인을 불러서 그 진주로 반지 한 쌍을 만들게 하셨습니다. 우리는 늦게서야 딸을 하나 낳아 숙향이라는 이름을 지어 주고, 자는 월중선이라고 했지요. 그런데 그 애가 다섯 살 되던 해에 오랑캐가 난리를 일으키는 바람에 우리는 반야산으로 피난을 떠났습니다. 갑자기 도적이 급하게 쫓아오는 바람에 어쩔 수 없이 숙향을 바위틈에 두고 갔지요. 그때 옥지환 중의 한 짝을 숙향의 옷고름에 채워 주고 떠났습니다. 그 후로 지금까지 숙향의 생사를 몰라 밤낮으로 서러워하며 지냈지요. 그런데 지난번에는 태수께서 좌사를 만나 뵙고 오다가 중도에서 용왕님을 만났다고 했습니다. 용왕님은 숙향의 사정에 대해 이런저런 말씀을 해주셨다고 하더군요. 그런데 지금 부인께서 지니신 옥지환을 보니, 제가 숙향과 헤어질 때 주고 간 바로 그 옥지환과 똑같습니다. 그것을 보니 마음이 너무나 슬퍼져 어찌할 바를 모르겠습니다."

말을 마친 장씨 부인이 함 속에서 반하 용왕이 말해 준 사연을 기록한 것과 옥지환 한 짝을 내놓았다. 정렬 부인이 그것을 보더니 시녀에게 명하여 성적함을 가져오게 했다. 함 안에서 자신의 사주와 이름이 적힌 것을 내놓더니 가마 위에서 내려왔다. 정렬 부인이 장씨 부인 앞에 두 번 절하고 일어나 말했다.

"어머니! 제가 바로 숙향입니다."

두 사람은 서로 부둥켜안고 통곡했다. 그 슬픔과 감격으로 천지가 아득해지는 듯했으며 해와 달이 빛을 잃은 것 같았고, 나무와 바위도 눈물을 흘리는 것 같았다. 숙향과 장씨 부인은 눈물을 흘리며 슬픔과 감격을 이기지 못하여 그만 정신을 잃었다. 그러자 옆에서 모시는 시녀들이 약을 드려 깨어나게 했다.

이윽고 정신을 차린 뒤 정렬 부인이 먼저 입을 열었다.

"어머님, 정신이 드세요?"

장씨 부인은 그제서야 정신을 차리고 말했다.

"네가 분명 숙향이란 말이냐? 죽어서 혼이 되어 온 것이냐, 살아서 육신이 온 것이냐? 이것은 아마도 꿈인가 싶구나. 우리 부부가 너를 잃고서 분명 죽었는가 하여 밤낮으로 서러워하며 지냈는데, 이렇게 귀하게 되어 오늘 다시 만날 줄 어찌 생각이나 했겠느냐?"

장씨 부인이 숙향이 꺼내 놓은 것을 보니, 그것은 숙향의 사주를 적은 것으로 분명히 태수의 필적이었다. 장씨 부인은 태수를 청하여 이 모든 사연을 들려주었다. 태수는 한편으로 기쁘고 다른 한편으로는 슬퍼서 어찌할 바를 몰랐다. 이 광경을 지켜보는 모든 사람 중에 감탄하지 않는 자가 없었다.

이 날 정렬 부인은 부모님을 만난 사연을 남편 이좌사에게 기별했다. 좌사는 그 기별을 듣고 매우 기뻐하면서, 즉시 예의범절을 갖추어 양양으로 와서 자신의 장인이 되는 태수와 그 부인인 장모님을 만나 뵙고 감격 어린 인사를 올렸다.

이후 형주 근처의 수령과 그 아내를 모두 청하여 삼 일 동안 큰 잔치를 벌였는데, 그 성대하고 화려함은 이루 말할 수 없었다.

황제께서도 이 소식을 들으시고 칭찬하셨다.

"이선이 좌사로 간 뒤 그 고을을 잘 다스려 도적이 모두 착한 백성이 되었다고 들었도다. 과연 이선은 천하를 잘 다스릴 능력을 갖춘 인재로다."

황제께서는 즉시 이선에게 예부상서 벼슬을 내리셨다. 숙향의 아버지 김전에게도 형주좌사의 직책을 내려 주셨다.

예부상서가 된 이선이 황제의 조서를 받들기 위해 황성으로 가면서 형주좌사가 된 장인 김전에게 이렇게 고했다.

"제가 먼저 황성으로 돌아가서 황제께 말씀드려 빨리 황성에 오시도록 할 것입니다. 그동안 평안히 계시옵소서."

이선이 말을 마치고 하직하고 집을 나섰다. 이선은 부인과 다시 만난 지 오래되지 않아 마음에 품은 회포를 다 풀지도 못했는데 다시 이별을 하게 되니, 슬픈 마음을 가눌 길이 없었다. 정렬 부인 숙향도 황제의 명령을 받은지라 보낼 수밖에 없었다. 그들이 슬퍼하는 모습은 이루 말할 수가 없었다.

이선은 황성에 들어왔으나 궁궐 안으로 직접 들어가 황제를 뵙지는 않았다. 그 대신 문 밖에서 황제께서 내리신 벼슬은 능력에 넘치니 감히 받을 수가 없다는 상소를 올렸다.

신의 부자에게 내려 주신 벼슬을 감히 받들 수 없사옵니다.
신의 벼슬을 바꾸어 주소서.

황제께서는 이 글을 보시고 명령을 내리시어 이선의 아버지인 이위공에게 위왕의 자리를 내려 주셨다. 이선에게는 병부상서의 지위를 내려 주셨다. 이선과 이선의 아버지는 다시금 벼슬을 사양하는 뜻을 전했다. 하지만 황제께서는 끝내 들어주지 않으셨다. 이선이 마지못하여 인사를 올리니, 황제께서 이선을 만나 보시고, 앞으로는 있는 힘을 다해 자신을 도우라고 하였다. 이선은 황제의 은혜에 감사를 드리고 아뢰었다.

"지난번에 승상 벼슬을 하던 장송이 애매하게 당치 않은 죄를 지었사오니, 누명을 벗겨 주심이 옳을 듯하옵니다. 김전도 좌사의 벼슬을 담당하기에는 능력이 넘치는 듯 생각되오니, 그 벼슬을 올려 주소서."

황제께서는 "경을 위하여 장송의 죄를 사해 주겠노라." 하고 말했다. 그리고 즉시 명을 내려 장송에게는 우승상의 벼슬을 내리시고, 김전에게는 예부 상서로 벼슬을 올려 주셨다. 두 사람은 황제께서 계신 북쪽을 향하여 감사의 인사를 올렸다.

이선은 글을 올려서 여러 왕과 제후, 공경대부를 청하여 칠 일 동안 낙봉연이라는 축하 잔치를 베풀었다. 그러자 이선의 고모님과 숙향을 길러 주었던 장승상, 숙향의 아버지 김상서 등이 모두 잔을 받들어 축하하였다. 장승상 부부는 예전에 있었던 사향의 일을 떠올리며 분노의 마음을 가누지 못했고, 김전 부부는 숙향과 헤어져 서러워한 일을 이야기하며 옛날을 회상하였다. 이를 들은 사람 모두가 안타까워했다.

이선은 위왕(이선의 아버지)의 궁전 근처에 장승상과 김상서(김전)가 거처하도록 하고, 아침저녁으로 문안드리며 잘 모셨다.

매향과의 혼인 문제

황제의 셋째 동생 양왕에게는 외동딸이 있는데, 재주가 뛰어나고 글도 잘 지으며, 무척 아름다웠다. 그녀를 보는 사람은 모두 여자 중의 군자라는 칭찬을 아끼지 않았다. 이 낭자를 잉태할 때 부인의 꿈에 한 노인이 나타나 이렇게 말했다.

"봉래산의 설중매가 그대의 딸로 태어날 것이니 어여쁘게 기르라."

과연 그 달부터 태기가 있어 열 달 만에 딸 하나를 낳았다. 꿈의 징조를 떠올리며 이름을 매향梅香이라고 하고, 자는 봉래선蓬萊仙이라고 지었다. 이 딸이 점점 자라나자 맑고 아름다우며 솜씨도 뛰어났다.

양왕 부부는 딸을 매우 사랑하였다. 딸이 자라나자 좋은 사위를 구해 주려고 마음먹었다. 이선이 재주가 뛰어나다는 소문을 전해 들은 양왕이 그 집으로 직접 찾아갔다. 이선의 아버지에게 그 아들을 자기 딸과 혼인시키자며 청혼하였다. 이선의 아버지는 기꺼이 이를 허락했다. 양왕은 기쁜 마음으로 집에 돌아와 부인과 낭자에게 이선의 능력과 재주를 칭찬하면서 혼수를 준비하게 했다.

그러나 이선은 이미 숙향과 혼인한 처지였다. 이 사실을 알게 된 양왕은 다른 사람과 짝을 맺어 주려고 했다. 이 사실을 알게 된 매향 낭자가 부모님께 말씀드렸다.

"충신은 두 임금을 섬기지 않고, 열녀는 두 남편을 섬기지 않는다고 합니다. 부모님께서 처음에 이선 도련님과 혼인시키기로 결정하셨으면서, 이제 다른 사람과 혼인시키려고 하시니, 이는 있을 수 없는 일입니다. 소녀는 죽어도 다른 사람과는 혼인하지 않겠습니다."

양왕이 말했다.

"이선이 어리석어서 제 부모가 너와 혼인시키기로 한 약속을 저버리고 다른 사람과 혼인했다. 그러니 너는 꼭 그 혼인을 고집해야 할 이유가 없느니라. 세상에 어디 이선만한 사람이 없겠느냐?"

매향 낭자는 두 번 절하고 말했다.

"부모님께서 대를 이어 갈 후손을 구하신다면, 조카가 여러 명 있사오니 그 중에서 마땅한 사람을 선택하시어 양자를 정하소서. 소녀는 없는 자식으로 여겨 내버려 두시면, 몸이 다할 때까지 곁에서 평생토록 부모님을 모시겠습니다. 이를 허락지 않으신다면 생사를 확신하지 못하겠습니다."

양왕 부부는 하는 수 없이 자기 딸의 굳은 의지를 황제께 아뢰었다.

황제께서 말씀하셨다.

"매향은 왕의 딸인데, 이선의 둘째 부인이 된다면 남들로부터 조롱을 받을 것이다. 어찌하면 이를 면할 수 있겠느냐?"

곁에 있는 매향 낭자가 이렇게 여쭈었다.

"어른께서 말씀하시는데 구태여 제 뜻을 말씀드리는 것이 옳지 않사오나, 부모님도 계시니 한 말씀 아뢰겠습니다. 저는 이선의 둘째 부인은커녕 그 집에서 종노릇을 하는 일이 있더라도 부끄러워하지 않겠습니다. 하오나 이제 다른 가문에 시집간다는 것은 여자로서 올바른 도리가 아니옵니다. 저는 기필코 이선의 둘째 부인이 되기를 바라나이다."

왕이 말했다.

"네 뜻이 그러하나, 이미 일이 이렇게 되었으니 어찌해야 하겠느냐?"

이튿날 궁궐에서 조회가 열리자 양왕은 이선의 아버지인 위왕을 보고 말했다.

"왕이 지난날 댁의 아들을 내 딸과 혼인시키자고 약조하시고, 이렇듯 약속을 어기셨습니다. 이는 진실로 예의에 맞는 일이 아닌 듯합니다."

위왕이 부끄러워하며 대답했다.

"과연 그 일은 신의를 저버리려고 일부러 그런 것이 아닙니다. 그때 제가 황제의 명을 받들어 서울로 올라온 사이에, 제 누님께서 그렇게 정하신 일이었습니다. 제 누님께서는 자식이 없는지라 평소에 선을 자식처럼 사랑하셨는데, 이번에 제게 기별도 없이 선의 혼사를 정하셨습니다. 그 일은 진실로 제가 일부러 약속을 어기려 한 것이 아니옵니다. 하오나 대왕께서 먼저 이 말씀을 꺼내셨으니, 송구스럽기 짝이 없습니다."

이 사연을 황제께서 들으시고 다음과 같이 말씀하셨다.

"이선과 숙향은 하늘이 맺어 준 인연이라 마음대로 할 수 없으니 양왕은 다른 곳에서 좋은 사위를 정하시게."

양왕이 아뢰었다.

"일이 그렇게 순조롭게 될 수 있다면 구태여 위왕과 다투겠사옵니까? 다만 신의 딸이 꼭 이선과 혼인하겠다고 고집하오니 진실로 민망할 따름이옵니다."

황제께서 말씀하셨다.

"경의 여식女息이 얼음처럼 차고 굳은 정절을 지녔으니, 그 인연도 끊을 수 없겠도다. 이선이 어진 사람이라 사람마다 섬기려 하고, 그 벼슬도 부인을 두 명 얻을 수 있는 초공의 지위에 있으니, 위왕은 양왕 딸과의 혼사를 허락하시게."

위왕이 공손히 엎드려 아뢰었다.

"황공하옵니다. 성상께서는 이선을 불러들이소서."

황제께서는 즉시 이선을 불러들이셨다.

이선은 이미 이런 일이 일어날 것을 짐작하였기에 일부러 병이 들었다고 핑계를 대며 망설였다. 정렬 부인 숙향이 말했다.

"황제의 명령은 지극히 중요하온데, 병이 있다는 핑계로 망설이시니, 이 무슨 연고입니까?"

상서가 말했다.

"오늘은 양왕께서 황제께 조회를 드리는 날이라오. 황제께서 나를 부르셨으니, 이는 다른 일이 아니라 양왕께서 그 딸과 내 혼사 문제를 어전에서 결정하려고 한 일인 듯합니다. 그래서 내가 난처하여 가지 않으려는 것입니다."

"상공께서는 저를 위해 이렇게 처신하시지만, 이는 신하된 도리로 마땅치 않습니다. 황제의 명령이라면 비록 죽을 곳이라 해도 피해서는 안 될 일이온데, 하물며 좋은 인연을 정해 주시려는데도 가지 않는 것은 옳지 않은 듯합니다."

"내 비록 그릇된 일인 줄은 알지만, 이 일은 거절하는 것이 나을 듯합니다."

"그렇지 않사옵니다. 양왕께서 처음에 청혼한 것은 부귀를 얻기 위함이 아니었사오며, 상공께서 벼슬하지 않은 선비로 있을 적에 아버님께 허락을 받은 일이었습니다. 상공께서도 저와 혼인할 때에 알리지 않고 하셨던 일이니 깊이 생각하소서. 저는 상공 덕택에 부모님과 만나고, 지극한 영화를 누리는 가운데 아들딸을 낳았으니, 이 밖에 무엇이 부족하겠습니까? 상공께서 황성으로 가셔서 부인을 맞이해 오시고 저를 내쫓는다 하여도 저는 조금도 서러워하지 않을 것입니다. 설령 새로 맞이한 부인이 질투가 심하다 해도 상공께서 잘 알아서 대접해 주신다면 무슨 부족함이 있어 원망을 품겠습니까?"

상서가 말했다.

"내 뜻은 이미 정해졌으니 부인은 다시 말을 꺼내지 마시오."

상서는 끝내 가려고 하지 않았다.

황제께서는 정말로 중한 병이 든 것으로 여기시고 어의御醫를 보내어 치료받도록 하셨다. 상서는 정말로 병이 깊은 척하면서 어의에게 진맥하도록 하였다. 진맥을 마친 어의가 황성으로 돌아가 황제께 아뢰었다.

"이상서의 병은 위중하지 않사옵니다."

이 말을 들은 황제는 잠잠히 있었으나, 양왕은 매우 화가 나서 분노를 이기지 못했다.

약을 구하러 기이한 나라로

이때 황태후께서는 갑자기 병이 들었는데, 온갖 약을 드려도 효과가 없었고, 도리어 점점 위중해졌다. 황제께서는 이 일을 지극히 염려하셨다.

그러던 어느 날 한 도사가 찾아와 황태후를 문병하더니 이렇게 여쭈었다.

"이 병은 중국 전국 시대의 편작과 같은 명의일지라도 고칠 수 없사옵니다. 다만 봉래산에 있는 개언초*를 구해 입 안에 머금어야 다시 말할 수 있을 것이며, 천태산에 있는 벽이용*을 귀에 넣어야 정신이 돌아오게 할 수 있을 것이옵고, 서해 용왕이 가지고 있는 개안주*를 눈에 넣어야 다시 볼 수 있을 것입니다. 어진 신하를 그리로 보내시어 정성으로 구하게 하소서."

황제께서는 즉시 모든 신하를 모아 놓고 의논하셨다.

"이 약이 인간 세상에는 없다고 하니, 충과 효를 두루 갖춘 신하가 아니라면 지극히 구하기가 어려울 것이로다. 경들은 어진 신하를 선택하여 그리로 가서 구해 오도록 결정하시오."

양왕이 앞으로 나아가 아뢰었다.

"지금 조정에는 이선만한 인재가 없습니다. 그는 충효도 두루 갖추었사오니 급히 그에게 명을 내리시어 약을 구하러 보내소서."

황제께서는 이선을 급히 불러들여 다음과 같이 명하셨다.

---

* 개언초(開言草) | 먹으면 말문이 열린다는 신비의 풀. 원문(原文)의 '가련초'는 '개언초'를 잘못 쓴 것이다.
* 벽이용(闢耳茸) | 귀에 넣으면 정신이 돌아온다는 신비의 버섯. 원문의 '별이용'은 '벽이용'을 잘못 쓴 것이다.
* 개안주(開眼珠) | 눈을 뜨게 한다는 신비의 구슬. 원문의 '계란주'는 '개안주'를 잘못 쓴 것이다.

짐은 경의 충성을 이미 잘 알고 있노라.

지금 황태후의 병환이 위중하여 목숨이 위태로우나,

천태산의 벽이용과 봉래산의 개언초와 서해 용왕의 개안주를 구할 수 있다면

살아날 수 있다고 하느니라.

경은 짐을 위하여 이 약들을 구해 오라.

진실로 그리한다면 천하의 반을 나누어 주겠노라.

이선이 아뢰었다.

"신은 이미 몸을 나라에 허락하였사오니, 어찌 어려운 일이라고 하여 피하겠사옵니까? 하오나 천태산과 봉래산은 하늘나라 동남쪽에 있다고 들었으며, 서해는 바다 속의 수부*인지라. 이 세 곳을 다녀오려면 시간이 부족할까 하나이다."

이선이 말을 마치고 황제께 하직한 뒤 집으로 돌아왔다.

이 소식을 전해 들은 이선의 부모와 장승상 그리고 김상서는 모두 눈물을 흘리면서 슬퍼했다. 이선은 이분들을 위로해 드리고서 정렬 부인의 침소로 들어가 눈물을 지으며 말했다.

"내가 부인과 더불어 백 년을 함께 하고자 하였는데, 오늘 천명을 입어 정처 없이 떠나게 되었구려. 부인은 슬퍼 마시고 부모님과 장인, 장모님, 장승상 내외분을 정성으로 모시면서 부디 편안히 지내시오."

부인이 정색을 하고 대답했다.

"대장부가 세상을 살아가자면 부모님을 섬길 날은 적고 임금님을 섬길 날은 많다고 했습니다. 상서께서 이제 큰일을 맡아 떠나시는데 슬퍼하고 계시니 어찌 된 일입니까? 집안일은 제가 맡을 것이니, 부모님을 봉양할 일일랑은 염려 마세요. 어서 다녀오시어 제가 실망하는 일이 없게 하소서."

상서가 말했다.

"이번에 떠나가면 돌아올 기약이 막연하다오. 창 밖에 있는 저 동백나무 잎에 맹세하고 떠날 것이니, 푸른 잎이 누르게 변하거든 내가 병든 줄 짐작하고, 그 잎이 떨어지거든 죽은 줄로 아시오. 만약 저 잎이 전과 같이 창창하게 푸르거든 무사히 돌아올 줄로 아시오."

"저도 신표가 될 물건을 드리겠습니다."

부인은 끼고 있는 옥지환 한 짝을 건네면서 말했다.

"이 옥지환 빛이 누르게 변하거든 제가 병이 든 줄 아시고, 검게 변하거든 죽은 줄로 아세요. 만일 전과 같이 투명하고 맑은 빛을 유지한다면 무사히 지내는 줄로 아십시오."

부인은 편지 하나를 건네주었다.

"전에 저희 집에 계시던 할머니가 사실은 천태산에서 약초를 캐던 마고 할머니였습니다. 혹시 그곳에서 마고 할머니를 만나시거든 이 편지를 전해 주세요."

상서는 남이 보는 곳에서는 대범하게 행동했으나, 속마음으로는 슬퍼하였으므로 자신도 모르게 눈물이 흘러내리는 것을 알아채지 못했다. 상서가 부모님께 하직하고 나오니, 슬프고 두려운 마음이 솟아나는데 어떻게 다스려야 할지 몰라 막막할 뿐이었다.

이상서는 배를 타고 남쪽을 향하여 길을 떠났다. 떠난 지 보름 만에 어떤 곳에 이르자 바람이 미친 듯이 불어왔다. 물속에서 어떤 짐승이 솟아나왔는데 머리는 항아리 같고 눈은 등불을 켠 듯이 휘황했다. 그 길이가 얼마나 되는지 알 수 없었다. 짐승이 갑자기 벽력 같은 소리를 지르면서 말했다.

---

* 수부(水府) | 물을 맡아 다스린다는 용왕의 궁전.

"누군데 남의 땅을 지나가면서 통행세도 내지 않고 가려느냐? 지니고 있는 보배를 모두 내놓아라! 만일 주지 않는다면 배 안에 있는 사람을 모두 잡아먹겠다!"

상서가 두려움에 떨면서 절을 하고 말했다.

"저는 송나라 병부상서 이선입니다. 황태후께서 병환이 중하시어 황제의 명을 받들고 봉래산으로 약을 구하러 가는 길입니다. 그리로 갈 수 있도록 길을 허락해 주소서."

짐승이 말했다.

"네가 사는 나라에서는 그 벼슬이 높고 귀한 모양이다만, 바다 속의 귀신들조차 귀하게 여길 줄 알았느냐? 잔말 말고 어서 보배를 바치거라!"

짐승이 말을 마친 뒤 배를 엎치락뒤치락하며 위협했다. 상서가 애걸했다.

"양식밖에 드릴 게 없습니다."

상서가 양식을 내놓았지만 그 짐승은 곧이듣지 않았다. 상서는 답답한 마음에 부인이 주었던 옥지환을 만지며 속으로 생각했다.

'이것이 혹시 보배는 아닐까? 설령 그렇다고 하여도 부인이 준 신물을 어찌 저 짐승에게 내어 줄 수 있겠는가?'

그러나 짐승이 더욱 심하게 장난하여 죽을 지경에 이른지라. 상서는 할 수 없이 옥지환을 내어 주었다. 짐승은 옥지환을 보더니 더욱 화를 냈다.

"이것은 서해 용왕의 개안주라는 보물이로다. 너는 이것을 어디에서 훔쳤느냐?"

말을 마친 짐승은 화를 내면서 배를 끌고 갔다. 상서와 배에 탄 사람들은 어찌할 바를 몰랐다. 한 곳에 다다르자 짐승이 배를 대어 놓더니, 배에 탄 사람을 모두 잡아들여 커다란 궁궐 안으로 들어가게 했다. 그리고 이렇게 고했다.

"내가 마침 순행을 나갔다가 서해 용왕의 개안주를 훔쳐 간 사람들을 다 잡아 왔다네."

짐승이 말을 마친 뒤 옥지환 한 짝을 보냈다. 잠시 후 붉은 옷에 띠를 두른 관원이 나와서 물었다.

"너는 누군데 용궁의 보배를 도적질하여 가지고 있느냐? 도대체 어디로 가는 중이었느냐?"

상서가 대답했다.

"저는 송나라 병부상서 이선입니다. 황명을 받들고 봉래산으로 약을 구하러 가는 중이었습니다. 옥지환은 부인과 헤어질 때 신물로 받은 것입니다."

관원이 안으로 들어가더니 즉시 나와서 말했다.

"그대의 부인은 누구이며 이름은 무엇이냐?"

"양양에서 태수를 했던 김전의 딸, 숙향입니다."

관원이 들어간 지 한참이 지나자 용왕이 나온다는 소식이 들리더니, 궁중 안이 진동하는 듯했다. 이윽고 용왕이 통천관*을 쓰고 붉은 도포를 입고 홀을 쥐고서 중문으로 나와 상서를 맞이했다. 상서는 황공하여 엎드려서 예를 올렸다. 용왕은 상서를 붙들어 일으키더니, 궁전 안으로 들어가 자리를 정하고 말했다.

"나는 이 물을 지키는 남해 용왕이노라. 상서가 이처럼 누추한 곳을 지나갈 줄을 어찌 알았겠는가? 지난날 내 누이가 부왕께 죄를 지어 반하의 물가로 나갔다가 어부에게 잡혀 죽게 되었는데, 김상서께서 내 누이를 구하여 살려 주셨는지라, 그 은혜를 갚을 길이 없어 저 구슬 한 쌍을 드렸노라. 그 구슬은 지극한 보배로서 수부에 있는 자들은 다 알고 있는 것이다. 오늘 어떤 배에 보배의 기운이 하늘까지 닿은 것이 느껴지기에, 바다를 살펴보는 해관海官이 순행을 나가는 길에 그리로 가 보라고 하였느니라. 마침 상서가 그 보배를 가지고 있을 줄 어찌 알았겠는가?"

상서가 대답했다.

"황태후께서 병환이 중하시어, 제가 황명을 받들고 봉래산의 개언초와 천태산의 벽이용과 서해 용왕의 개안주를 구해 오려고 이 물을 건너는 중이었습니다. 용왕께서 인간 세상의 천한 사람들을 이처럼 관대해 주시니 황공하옵니다."

용왕이 말했다.

"상서는 나를 모르지만, 나는 상서를 잘 알고 있노라. 상서가 봉래산에 가면 모든 선관이 반길 것이니 약은 얻을 수 있을 것이다. 하지만 가는 길은 여기서 삼만 삼천 리, 앞으로 열두 나라를 지나가야 할 텐데 어떻게 가려는가?"

상서가 대답했다.

"이곳에서 송나라까지는 얼마나 되나이까?"

왕이 말했다.

"여기서 삼천 리로다. 지금까지 지나온 곳은 그다지 험하지 않았으나, 앞으로 갈 길은 매우 험할 것이니라."

상서가 말했다.

"이곳까지 오는데도 죽을 힘을 다하였사온데, 이제 다시 삼만 삼천 리를 가야 한다니 어찌해야 하옵니까?"

왕이 말했다.

"그리로 가는 일은 어려울 뿐 아니라 가는 길에 험한 곳도 많으니라. 부력*이 약해서 기러기 털도 가라앉는다는 약수*를 지나야 하는데, 그 물은 인간

* 통천관(通天冠) | 황제가 나라를 다스릴 때 쓰는 관. 검은 비단으로 만들었는데 앞뒤에 각각 열두 솔기가 있고 옥비녀와 옥영자를 갖추었다.
* 부력(浮力) | 기체나 액체 속에 있는 물체가 그 물체에 작용하는 압력에 의하여 중력(重力)에 반하여 위로 뜨려는 힘. 물체에 작용하는 부력이 중력보다 크면 뜬다.
* 약수(弱水) | 신선이 살았다는 중국 서쪽의 강. 부력이 약하여 기러기 털도 가라앉는다고 한다.

세상의 배로는 갈 수가 없느니라."

상서가 말했다.

"하오면 봉래산에는 어찌해야 갈 수 있나이까? 가는 길에 죽는 수밖에 없겠습니다."

왕이 말했다.

"나와 함께 간다면 어려운 일이 없으련만, 하늘이 명하신 바가 없으니 수궁을 마음대로 비울 수도 없어 난처하도다. 상서도 고생을 겪어야 전생에 지은 죄를 사할 수 있을 것이니, 부득이 직접 가야 하겠거니와 어찌해야 갈 수 있겠는고?"

용왕은 말을 마친 뒤 잔치를 열어 대접해 주었다.

이때 밖에서 용왕의 아들이 들어오더니 절을 하고 앉았다. 용왕이 아들에게 물었다.

"어디서 오는 길이냐?"

"스승님께서 이르시기를, '요사이 태을성이 상제께 죄를 지어 인간 세상으로 귀양을 갔는데, 지금 황태후의 병을 구하기 위해 봉래산으로 약을 구하러 갔으니 바로 너희 집을 지나갈 것이다. 네가 태을성을 모시고 봉래산에 가서 약을 얻으라.' 고 하셨습니다."

왕이 기뻐하며 말했다.

"저 상서가 태을성이니 모셔 가면 염려는 없을 것이다."

왕은 다시 이선을 향해 말했다.

"그런데 상서께서는 인간의 옷차림을 하고 있으니 그대로는 갈 수가 없을 것이오. 어서 선관의 옷으로 차려 입고 이 공문을 가져 가시오."

상서가 물었다.

"저 소년은 누구입니까?"

"나의 셋째 아들인데 일광노*의 제자라오."

"내가 저 소년을 따라가면 데려온 사람들은 어찌해야 하오리까?"

"도로 내보내시오."

왕은 처음에 그들을 잡아온 귀신에게 명령을 내려 도로 데려다 놓으라고
했다. 상서는 사례하고 선관 옷으로 차려 입고 강가로 나왔다. 그곳에는 용자
가 작은 배를 대고 기다리고 있었다. 상서가 그 배를 타니 노를 젓지 않아도
저절로 움직여 쏜살같이 달렸다. 용자가 말했다.

"제가 혼자 가오면 머물 곳이 없사오나, 상서께서는 인간 세상에서 온 사람
이니 마음대로 왕래하지 못할 것입니다. 가는 길에도 각각의 장소를 지키는
신령이 많을 것이니, 모두 부왕의 공문을 확인하자고 할 것입니다. 상서께서
는 어느 곳에 가시더라도 저의 지휘대로 따르소서."

이선과 용자가 어떤 곳에 다다르니 그 나라는 회회국이었다. 그곳에서는
사람들이 똑바로 걸어다니지 않고 휘휘 돌면서 다녔다. 그 나라를 지키는 왕
은 경성*이라는 별이었다. 용자가 물가에 배를 매고 공문을 확인받으러 가니
왕이 물었다.

"함께 가는 행차가 태을성입니까?"

용자가 대답했다.

"그렇습니다."

그러자 즉시 공문을 확인하고 돌려주었다.

또 한 나라에 다다르니 이는 함리국이었다. 그 나라에서는 밥을 먹지 않고
꿀만 먹고 살았다. 왕은 미성*이라는 별이었다. 용자가 공문을 드리니 왕이

* 일광노(日光老) | 신선 이름.
* 경성(經星) | 고대 중국에서 '항성(恒星)'을 이르는 말. 항성은 이십팔수(二十八宿)의 둘째 별자리에 있는 별이다.
* 미성(尾星) | 이십팔수의 여섯째 별자리에 있는 별.

말했다.

"그대는 태을을 데리고 가느냐? 이 앞은 험하니 조심히 가라."

왕이 공문을 확인해 주었다.

또 한 나라에 다다르니 이곳은 유리국이었다. 사는 모습이 중국과 흡사했다. 그 나라의 왕은 규성이었다. 용자가 공문을 드리니 왕이 말했다.

"이처럼 험하고 어려운 곳에 범인이 마음대로 들어올 수 있겠는가?"

왕은 공문을 본 체도 하지 않았다. 용자가 말했다.

"태을성이 인간 세상으로 내려와 중국의 병부상서가 되었는데, 황명을 받들고 봉래산으로 약을 구하러 가는 것입니다. 소자의 얼굴을 보시어 허락해 주소서."

왕이 말했다.

"너를 보아 이번에는 허락해 주노라. 앞으로 다시는 마음도 먹지 마라."

왕이 공문을 확인하여 주었다.

이선이 또 한 나라에 다다르니 이 나라는 교위국이었다. 그 나라 사람들은 곡식을 먹지 않고 차만 먹으니 몸이 가늘고 날쌔었다. 그 나라의 왕은 주성*이니 행인들이 하나도 무사히 지나다니지 못했다. 용자가 말했다.

"상서께서는 제가 하는 대로 하소서."

용자는 상서를 강가에 둔 채 혼자 교위국의 왕을 만났다. 왕이 말했다.

"너는 어디에서 왔느냐?"

용자가 대답했다.

"소자, 태을성을 데리고 봉래산으로 약을 구하러 가는 길입니다. 부왕께서 주신 공문을 가져왔습니다."

왕이 말했다.

"봉래산은 명산이라. 신선도 상제의 명이 없이는 마음대로 출입하지 못하는 곳이다. 하물며 태을성은 비록 천상 사람이라고 하지만, 죄를 지어 인간 세상으로 내려갔으니 이제는 속세의 손님에 불과하다. 마음대로 들어오지 못하리라."

상서는 강가에서 용자를 기다리다가 고래를 타고서 물 위를 평지처럼 다니는 사람을 보았다. 그가 상서를 보고서 말했다.

"너를 보니 용왕도 아니요 속객도 아니로되, 용왕의 조각배를 타고 있으니 이상하구나. 도대체 어디로 가는 중이냐?"

상서가 절하고 말했다.

"저는 송나라 병부상서 이선입니다. 황명을 받들고 봉래산에 개언초를 얻으러 가는 길입니다. 바라옵건대 길을 가르쳐 주소서."

그 사람이 큰소리로 웃으며 말했다.

"네가 병부상서라면서 옛글도 보지 못했느냐? 신선이 산다는 봉래산이니 삼산이니, 십주*니 하는 것은 다 헛된 말이로다. 진시황이나 한무제 같은 천하의 제왕도 능히 가 볼 수 없었느니라. 사람마다 제 분수를 알아야 하거늘, 하물며 조그마한 정성으로 어찌 봉래산을 보겠다는 것이냐? 헛수고 말고 나와 함께 선경이나 구경하며 술집이나 찾아가자."

상서가 대답했다.

"선관의 말씀이 옳사오나, 남의 신하된 자로서 명령을 이행하다가 중도에 지체할 수는 없습니다. 이 몸이 다하도록 끝내 약을 얻지 못한다면 차라리 죽기로 작정했습니다. 바라옵건대 길을 가르쳐 주소서."

선관이 말했다.

---

* 주성(主星) | 쌍성(雙星)에서 동반성(同伴星)보다 밝은 별.
* 십주(十洲) | 신선이 산다고 하는 전설의 섬 열 곳.

"내가 예전에 고래를 타고 구만 팔천 리를 다녔으되 끝내 봉래산은 보지 못했느니라. 그대는 수고롭게 찾아가지 말고 나를 좇아 인간 세상으로 나아가 술집이나 구경하자."

선관이 말을 마친 뒤 배를 끌고 동쪽으로 가면서 심한 모욕을 하고 놓아주지 않았다. 상서가 이를 민망히 여기는 차에, 또 한 명의 선관이 파초* 잎을 타고 와서 말했다.

"적선은 어디에 가는가?"

선관이 대답했다.

"이 손님이 미친 척하면서 나더러 술집을 일러달라고 하기에 대숲으로 술집을 찾으러 간다오."

선관이 웃으며 말했다.

"저 손님이 비록 속세에서 왔다지만 한가하게 술집을 찾는다니, 거 참 듣기 좋은 말이로다. 그대는 돈을 많이 가지고 왔는고?"

상서가 대답했다.

"저는 미천한 사람으로서 황태후의 병환이 위중하여 봉래산으로 약을 구하러 가는 길입니다. 제게 무슨 돈이 있겠습니까?"

선관은 웃으며 따라왔다.

잠시 후 어디선가 피리 소리가 들렸다. 소리 나는 쪽을 바라보니 어떤 선관이 거문고를 물 위에 띄운 채 피리를 불면서 다가왔다. 그가 상서를 보고서 말했다.

"태을아! 인간 세상의 재미가 어떠하더냐?"

상서가 대답했다.

* 파초(芭蕉) | 파초과의 여러해살이풀. 높이는 이 미터 정도. 여름에 노란색을 띤 흰 꽃이 피며 잎은 타원형이다.

"저는 황제의 명령을 받들고 봉래산으로 약을 구하러 가는 길입니다."

선관이 말했다.

"그대의 말이 허황되도다. 우리를 따라 마음껏 술이나 마시다가 배가 터질 듯하거든 도로 인간 세상으로 내려가거라."

상서는 모욕을 당한 것 같아 민망했다.

그때 서쪽에서 어떤 선관 하나가 뗏목을 타고 오면서 말했다.

"자네들은 벗을 만났으면서도 술을 권하여 위로해 주지 않고 도리어 괴롭히기만 하오?"

그 선관이 상서의 손을 잡고 말했다.

"그대를 데리고 가던 용자가 그대를 잃고 상심하여 어쩔 줄 몰라 하기에, 내가 이적선이 데려갔으니 열두 나라를 돌지 말고 바로 가서 기다리라고 말해 주고 이리로 왔다네. 그대는 우리와 함께 가서 좋은 술이나 먹고 봉래산으로 가세나."

상서는 마음이 상쾌해져 고마운 마음을 전했다. 선관이 상서에게 말했다.

"그대가 우리를 다 몰라보는구려."

상서가 말했다.

"제가 어찌 이토록 귀하신 분을 알겠습니까?"

그 선관은 전생에 이선과 벗으로 지내던 두목지였다. 두목지가 말했다.

"태을아! 네가 전생에 우리를 업신여기더니, 오늘날 이렇게 우리를 공경할 줄을 어찌 알았겠느냐?"

말을 마치고는 술을 내어 서로 권하더니 길을 떠났다.

이윽고 푸른 옷을 입은 한 동자가 내려오더니 이렇게 여쭈었다.

"안기생 선생께서 오늘 여러분을 모두 청하시어 직녀궁*으로 오라고 하십니다."

여동빈이 말했다.

"나이 많은 벗이 청하니 안 갈 수가 없구려. 그러나 태을을 어찌하고 가야 할꼬?"

두목지가 말했다.

"장건*이 봉래산으로 간다기에, 내가 타고 있는 학을 주고 그의 수레를 타고 왔다네. 이제 다시 가서 바꿔 타고 빨리 뒤쫓아가겠네. 그대는 먼저 가게나."

모두 기뻐하며 상서에게 말했다.

"그대가 이곳을 떠난 지 오랜만에 다시 왔다기에 반갑게 만나 보러 왔더니, 나이 많은 벗이 청하여 마지못해 이별해야 하겠네. 오래 지나지 않아 다시 만나게 될 걸세. 평안히 가게나."

그들은 말을 마치고 길을 떠났다.

상서가 두목지를 데리고 길을 떠난 지 얼마 후 한 곳에 이르렀다. 이번에는 두목지가 이별을 청했다. 상서는 서운해하다가 어떤 산 밑에 다다랐다. 그곳에는 벌써 용자가 와서 기다리고 있었다. 상서가 말했다.

"그대는 어디에서 이리로 왔는가?"

용자가 말했다.

"유리국의 공문을 근근이 확인받고 강가로 나오니, 상서께서 안 계셨습니다. 이리저리 두루 찾아보다가 마침 두목지를 만나 물었더니, 이적선이 데려갔다며 여기로 와서 기다리라 하기에 벌써 와서 기다리고 있었습니다."

상서가 말했다.

---

* 직녀궁(織女宮) | 직녀성(織女星)이 사는 궁전. 직녀성은 거문고자리에서 가장 밝은 별이다. 칠월 칠석날 밤에 견우성과 만난다는 전설이 있다.
* 장건(張騫) | 중국 한(漢)나라 때의 외교가. 여기서는 신선 이름.

"선관들이 공연히 놀리며 희롱하기에 곤란하기가 이루 말할 수 없었는데, 무사히 이르렀으니 다행이로세."

용자가 말했다.

"선관들은 모두 상서님의 전생 벗입니다. 반가운 마음에 장난 삼아 놀렸을 것입니다. 그분들을 만나는 중에 벌써 이만큼 오시게 된 것입니다. 만일 그분들을 만나지 못했다면 열두 나라 중 반도 못 왔을 것입니다."

용자는 상서와 함께 어떤 산속으로 들어갔다. 거기에 바위 하나가 있는데 깎아지른 듯이 하늘까지 닿아 있어 올라갈 길이 아득했다. 상서가 말했다.

"이 땅에 오기는 왔지만, 몸에 날개도 없는데 저렇게 높은 바위에 어떻게 올라갈 수 있겠나?"

용자가 말했다.

"그런 염려는 마시고 어서 제 등에 오르소서."

상서가 용자의 등에 오르자, 용자는 황룡으로 변하여 높고 험한 바위 위로 순식간에 올라갔다. 상서가 매우 기뻐하며 말했다.

"그대의 재주는 과연 신기하구려."

용자가 말했다.

"이제는 선경에 다 왔습니다. 저는 물가에서 배를 지킬 것이니 상서께서는 저 고을로 들어가 구로선이라는 선관을 찾아 지성으로 약을 구하여 물가로 나오십시오."

"비록 약을 얻는다고 해도 이 바위에서 어떻게 내려갈 수 있겠소?"

"돌아올 때는 쉽게 오실 것이니 염려 마소서."

용자는 말을 마치고 떠났다.

상서가 고을로 혼자 들어갔다. 머리가 하얀 노인 한 분이 소를 타고 가다가 물었다.

"그대는 어떤 사람이기에 선경을 출입하는가?"

상서가 두 번 절하고 말했다.

"저는 송나라에서 온 이선입니다. 구로선을 만나 뵈러 왔습니다."

노인이 말했다.

"저곳에 들어가면 높은 바위 위에서 바둑을 두는 선관이 있을 것이네. 그리로 가서 물어 보게."

상서가 그리로 가니, 길은 옥을 깔아 놓은 듯 매끈하고 단단했으며, 오색 구름이 어린 곳에는 기이한 꽃과 아름다운 풀이 만발해 있었고, 난새와 봉새며 공작새가 쌍쌍이 날고 있었다. 진실로 신선 세계인 듯싶었다. 상서가 감탄하면서 한 곳에 다다르니, 높은 바위 위에 붉은 도포를 입은 선관과 푸른 도포를 입은 선관이 바둑을 두고 있었다. 상서가 멀리서 엎드려 인사를 올렸으나, 선관들은 본 체도 하지 않았다. 상서가 민망해할 즈음에 푸른 옷을 입은 동자 하나가 차를 올리며 말했다.

"어떤 속객이 와서 서 있습니다."

그제야 선관이 보고서 말했다.

"너는 어떤 사람인데 선경을 더럽히느냐?"

상서가 두 번 절하고 말했다.

"저는 송나라에서 온 사람입니다. 구로선을 찾아뵈러 왔습니다."

푸른 옷을 입은 선관이 물었다.

"구로선을 찾아 무슨 말을 물어 보려 하느냐?"

"황태후의 병이 위중하기에 황제의 명을 받들고 개언초를 구하러 왔습니다."

붉은 옷을 입은 선관이 말했다.

"구로선을 만나려면 저 상상봉*에 가서 찾아보라."

상서가 상상봉을 바라보니 높이가 삼천 장*이나 되고, 길이 험하여 도저히 오를 수 없었다. 상서가 다시 선관에게 와서 말했다.

"몸에 날개가 없으니 어찌해야 하오리까?"

선관이 말했다.

"길을 가르쳐 주어도 못 간다고 하니 우린들 어찌하겠나? 인간으로서 여기까지 온 것도 다행인데, 구태여 위험한 길을 찾아가려 하니 무슨 일인가? 헛된 말 말고 여기서 우리와 함께 바둑이나 두며 노세나."

상서가 말했다.

"인간의 더러운 몸으로 선경에 들어온 것만 해도 천만다행입니다. 하오나 황제의 명을 받들어 왔사오니, 남의 신하된 도리로서 중도에 포기하고 돌아갈 수는 없습니다. 빨리 약을 얻어 돌아갈 수 있도록 도와주소서."

그러나 선관은 끝내 조롱만 했다. 상서는 조용히 서서 어찌할 바 몰라 민망해하고 있었다. 그때 어디선가 한 선관이 학을 타고 내려와 말했다.

"그대들은 어찌 예전의 벗을 만나 반갑다는 인사도 하지 않고 이토록 괴롭히는가?"

그 선관이 상서의 손을 잡고 앉으며 말했다.

"태을아! 인간 세상의 재미가 어떠한가? 설중매가 그대를 따라 인간 세상으로 갔는데, 혹시 만나 보았는가?"

상서가 말했다.

"인간 세상에서 재미는 없고 고생뿐입니다."

선관이 웃으며 말했다.

"태을이 벌써 천상에서의 일을 모두 잊었구려."

선관은 동자를 명하여 차를 드리게 했다. 상서가 차를 마시니 그제서야 천상에서 태을성으로 있다가 죄를 지어 설중매와 부부가 되었던 사연과 이 자리에 앉아 있는 선관이 모두 천상에서 함께 놀던 벗이었다는 것이 기억났다. 상서가 눈물을 지으며 말했다.

"내 죄가 무거워 인간 세상으로 내려왔다지만, 그대들은 무사히 지내셨는가? 능이선은 어디 갔으며, 설중매는 어디 있는가?"

선관이 말했다.

"능이선*은 인간 세상의 김전이니 그대 아내의 아버지가 되었다네. 설중매는 양왕의 딸이니 그대의 둘째 부인이 될 것일세."

상서가 탄식하며 말했다.

"소아는 어째서 김전의 딸이 되었고, 설중매는 어째서 양왕의 딸이 되었는가? 이 무슨 연고인가?"

선관이 말했다.

"능이선은 봉래산에 구경갔다가 상제께 꿀을 진상하는 일이 늦어 죄를 지었기에 인간 세상으로 귀양을 갔지만, 소아에게 잘해 주었다네. 소아는 후생에 그대와 부부가 되게 했지만 전생의 죄가 있는지라 잠시 마음 고생을 한 후에 그대와 만나게 한 것일세. 하지만 설중매는 상제께 죄를 지어 인간 세상에 내려간 것이 아니라네. 설중매는 제 부모와 그대가 모두 인간 세상으로 내려간 후로 시름에 잠겨 있다가 약수에 빠져 죽었다오. 그 때문에 설중매를 가엾게 여겨 후생에는 양왕의 딸로 태어나게 하여 귀하게 살아가도록 한 것이라오."

상서가 물었다.

"설중매가 내 부인이 될 운명이었다면, 어째서 소아와 먼저 만나 혼인하게

* 상상봉(上上峯) | 여러 봉우리 중 가장 높은 봉우리.
* 장(丈) | 길이의 단위. 한 장은 한 자[尺]의 열 배로 약 삼 미터에 해당한다. 삼천 장은 삼천 미터.
* 능이선 | 신선 이름.

된 것인가?"

선관이 말했다.

"그대가 인간 세상으로 내려간 것은 소아와의 인연 때문이라네. 이 모든 일은 모두 항아님께서 주선한 일이라오. 항아님께서는 소아가 첫째 부인이 되어 그대와 함께 천상으로 올라오게 하고, 설중매는 그대의 둘째 부인이 되어 뒤쫓아 올라오도록 한 것일세."

상서가 말했다.

"인간 세상에서 양왕의 청혼을 거절하려다가 이런 고생을 하게 되었는데, 이 모든 일이 하늘이 정해 준 운명이었다니! 비록 이 몸이 죽는다 해도 모든 일은 하늘이 정한 일이니 도망할 길이 없겠구려."

상서는 그곳에서 전생의 일을 이야기하다가 그만 인간 세상에서의 일을 잊었다.

선관이 말했다.

"그대가 돌아가는 일이 늦었으니 이 약을 가지고 바삐 돌아가게."

선관이 세 가지 약을 주었다. 상서가 말했다.

"약을 주시니 감사하오. 그 이름이 무엇인가?"

선관이 말했다.

"저 병에 넣은 것은 정신을 회복하는 환혼수*이고, 이 약물은 말을 하게 되는 개언초이며, 저 환약은 혼이 소생하는 회혼단*이라네. 어서 빨리 가지고 가게. 황태후의 병이 위중하여 이미 돌아가셨을 것일세. 그대가 가지고 있는 옥지환을 황태후의 몸에 얹어 놓으면 썩었던 살이 도로 살아날 걸세. 저 병에 들어 있는 물을 입에 넣으면 혼백이 돌아올 테니, 그 다음에 개언초를 입에 넣으면 말을 하게 될 걸세."

상서가 말했다.

"이 환약은 어디에 쓰는 것이오?"

선관이 대답했다.

"환약은 그대가 깊이 간수해 두었다가 나이 칠십이 되거든 소아와 한 개씩 먹고 다시 하늘로 올라오게."

말을 마친 선관이 어서 가라고 재촉했다.

상서가 어디로 가야 할지를 물었다. 선관이 대답했다.

"이리로 가면 자연히 알게 될 걸세. 어서 가게."

상서는 곧 길을 떠났다. 갑자기 동쪽에서 한 아이가 사슴을 타고 왔다. 상서가 길을 물으려 했는데, 아이가 사슴을 재촉하여 나는 듯 가니, 어디로 가는지 알 수 없었다. 상서가 그 길로 떠나니 산은 첩첩하고 인적은 고요한데 갈 바를 몰라 당황스러웠다.

그때 소나무 아래에 거지처럼 초라한 늙은 할머니가 헌 옷을 입고서 돌 위에 앉아 있었다. 상서가 그리로 다가가 절하며 물었다.

"마고 선녀님은 어디에 계십니까?"

할머니가 말했다.

"내가 이 산속에 산 지 오만 년이 되었는데, 마고 선녀라는 말은 오늘 처음 듣는다오."

상서가 물었다.

"이 땅에 인가가 어디에 있습니까? 배가 고프니 아무거나 얻어먹고 가겠습니다."

"이런 산속에 어찌 인가가 있단 말인가?"

---

* 환혼수(還魂水) | 마시면 정신을 회복하게 된다는 신비의 물. 원문의 '향효주'는 '환혼수'를 잘못 쓴 것이다.
* 회혼단(回魂丹) | 먹으면 혼을 소생시킨다는 신비의 약. 원문의 '회환단'은 '회혼단'을 잘못 쓴 것이다.

말을 마친 할머니는 일어나서 가려고 했다. 상서는 할머니를 따라가려고 했다. 그러나 할머니는 간 곳이 없었다. 상서는 물을 건너지 못하여 물가에 가만히 앉아 있었다.

그때 어디선가 한 스님이 육환장*을 짚고서 다가왔다. 상서가 스님께 공손히 절하고서 물어 보았다.

"마고 선녀의 집은 어디에 있습니까?"

"무슨 일로 그 할머니를 찾으십니까?"

"저는 송나라 병부상서 이선입니다. 황제의 명을 받들고 벽이용을 구하러 왔사온데, 오는 길에 듣기로는 마고 선녀를 만나야 얻을 수 있다고 하더군요. 그래서 찾는 것입니다."

"이 물을 건너 남쪽으로 가면 옥포동이라는 큰 고을이 있을 것입니다. 그리로 찾아가십시오."

"이 물이 깊고 다리가 없어 건널 수 없으니 난처합니다."

스님이 육환장을 던지자, 그것이 변하여 다리가 되었다. 상서가 그 다리를 건너가 스님께 감사의 인사를 올렸다. 스님은 구름을 타고 올라가며 말했다.

"나는 대성사의 부처로다. 그대가 길을 몰라 근심하고 있기에 인도해 주었느니라. 이 길로 옥포동을 찾아가면 마고 선녀를 만날 수 있으리라. 황태후는 이미 세상을 떠났느니라. 어서 빨리 돌아가거라."

부처님은 말을 마치고 간 곳이 없었다. 상서가 무수히 사례하고 가다가 산에서 내려오는 한 할머니를 보았다. 상서는 할머니께 절을 하고 여쭈었다.

"마고 선녀는 어디에 계십니까?"

"무슨 일로 마고 선녀를 찾으십니까?"

"벽이용을 얻으려고 합니다."

"옛날의 진시황이나 한무제 같은 천하의 황제들도 이 약을 구하지 못했습니다. 하물며 송나라 상서의 정성으로 구할 수 있겠습니까? 헛수고하지 마시고 내 말대로 하면 가장 유익할 것입니다."

상서가 대답했다.

"어떻게 해야 하는지요? 가르쳐 주십시오."

할머니가 말했다.

"공명은 다 허사라오. 비록 내 몸이 영화롭고 귀하다 해도 벼슬은 위태로운 것입니다. 낭군이 옛글을 읽어 보았을 것이니 진나라 이사*와 한나라 한신*의 일을 알지 않사옵니까? 한때 이들은 나라를 호령하는 공신이었지만, 그것이 도리어 화근이 되어 얼마 지나지 않아 몰락하고 말았습니다. 하지만 장량*은 적송자라는 신선을 따라 놀았고, 범려*는 오호*라는 호수에서 노닐며 벼슬을 거절한 뒤로 오히려 목숨을 지키면서 오래도록 편안하게 살았지요. 벼슬이나 출세는 모두 헛된 것입니다. 내 남편도 한때는 당나라의 유명한 선비였지요. 하지만 소인배들에게 모함을 받아 이 땅에 귀양 오게 되었답니다. 그런데 그만 포대기에 싸인 어린 딸을 두고서 일찍 세상을 떠났습니다. 나는 다시 당나라로 돌아갈 길이 막연하기에 그저 이 땅에서 살아왔지요. 그럭저럭 세월이 흘러 어린 자식이 장성했지만, 이 땅에서는 배필을 얻을 길이

* 육환장(六環杖) | 중이 짚는, 고리가 여섯 개 달린 지팡이.
* 이사(李斯) | 중국 진(秦)나라의 정치가. 초(楚)나라 사람으로 진나라로 가서 승상(丞相) 여불위(呂不韋)에게 발탁되었다. 통일시대 진나라의 정국을 담당한 실력자로 획기적인 정치를 추진하였으나, 진시황이 죽은 후 얼마 되지 않아 참소를 받아 처형되었다.
* 한신(韓信) | 중국 한(漢)나라 초의 무장(武將). 진나라 말 난세에 처음에는 초나라의 항량(項梁)·항우(項羽)를 섬겼으나 제대로 인정받지 못해 한 고조(高祖)인 유방(劉邦)의 군대에 참가했다. 크게 공을 세우고 제왕(齊王)과 초왕(楚王)이 되었으나, 한나라가 확립되자 권력에서 밀려났고, 나중에는 난리에 가담했다는 음모를 받아 끔찍하게 죽었다.
* 장량(張良) | 한나라 고조(高祖) 유방(劉邦)의 공신. 자(字)는 자방(子房). 한나라 명문 출신으로, 시황제(始皇帝)를 습격했으나 실패하여 은신한 일이 있다.
* 범려(范蠡) | 중국 춘추시대 말기 초나라 정치가. 월(越)나라 왕 구천(句踐)을 도와 오나라를 멸망시킨 후, 구천을 더 섬길 수 없는 군주라고 생각하여 제(齊)나라로 갔다. 제나라에서 재상이 되었으나, 얼마 후 재상 자리를 버리고, 재물을 친지와 이웃에 나누어 주었다.
* 오호(五湖) | 범려가 서시(西施)와 약혼하고 노닐었다는 호수.

없었답니다. 우리 모녀는 그저 빈방만 지키며 세월을 보내면서 밤낮으로 서러움을 이기지 못했지요. 그런데 마치 하늘이 인도하신 듯 낭군께서 내 집으로 오셨으니, 이는 반드시 하늘이 정해 준 배필인 듯합니다. 낭군의 뜻은 어떠하신지요?"

상서가 크게 놀라서 말했다.

"황제의 명을 받들고 왔다가 중도에 머물러서 돌아가지 않는 것은 신하된 도리가 아닙니다. 이 몸이 죽더라도 그 말씀은 들어드릴 수가 없겠습니다."

할머니가 웃으며 말했다.

"내 집이 비록 가난하나 전답이 만여 지기요 노비가 수천 명입니다. 내 딸도 세상에 비길 데 없이 빼어난 미인이랍니다. 충분히 낭군의 배필이 될 만하오니 사양하지 마십시오."

할머니가 시녀에게 명하여 낭자를 나오라고 했다. 상서는 어찌해야 할지 몰라 민망해하고 있었다.

잠시 후 십여 명의 시녀가 향기로운 등불을 좌우에서 받들고서 한 여인을 모셔다가 오른쪽 의자에 앉게 했다. 상서는 황공하여 머리를 들지 않았다. 할머니가 말했다.

"내 자식을 업신여겨 이런 태도를 고집하십니까?"

상서가 여인을 바라보니 다름 아닌 정렬 부인 숙향이었다. 상서는 마음속으로 반가운 마음이 들었으나 이상하다는 생각이 들었다. 할머니가 말했다.

"내 딸이 비록 얼굴은 곱지 못하오나 충분히 낭군의 배필이 될 수 있을 것입니다. 이 늙은이는 술이 취하여 들어가겠습니다. 너는 말씀이나 나누면서 낭군을 잘 모셔라."

말을 마친 할머니가 안으로 들어갔다. 여인이 먼저 입을 열었다.

"상서의 정성이 지극하기에 약은 얻어 가게 되었습니다만, 황태후께서는 벌써 붕*하시고 말았습니다. 황제께서 망극해하신 중 조정에 있는 소인배들이 중간에서 고이한 말로 아뢰기를, 이선이 약을 구하러 가는 체하고 돌아오지 않았으니, 이는 나라를 속이고 황제를 기만한 죄라고 참소*했습니다. 그들은 상서 아버님의 관직을 빼앗아 아주 먼 곳으로 귀양 보내고, 그 가문에 속한 모든 이에게는 죄를 주어 국법으로 다스리라고 상소했습니다. 황제께서는 그 말이 모두 거짓임을 짐작하시고, 밤낮으로 상서께서 돌아오기만을 기다리십니다. 어서 빨리 돌아가소서."

여인은 말을 마치고 안으로 들어갔다.

상서는 온갖 의심이 들기 시작했다.

"저 여인은 분명 정렬 부인인데, 어떻게 이곳에 들어왔을까?"

한편으로 반갑고 다른 한편으로는 이상하게 여겨져 다시 물어 보고 싶었다. 그러나 이리로 떠날 적에 숙향 부인이 일러준 말이 떠올라 마음을 정하지 못한 채, 의심만 품고 객실로 들어가 잠을 청했다. 상서는 거기서 잠이 들었다.

다음날 깨어 보니 객실은 간데없고, 자기 혼자 소나무 언덕 아래에 누워 있었다. 상서는 더욱 이상한 생각이 들어서 혹시 꿈인가 싶어, 다시 공중을 향하여 수없이 절하고 길을 떠났다.

상서는 어떤 할머니가 헌 옷을 입고 광주리를 옆에 끼고 나물캐는 것을 보았다. 상서가 그리로 다가가 절하고 여쭈었다.

"천태산이 어디에 있습니까?"

할머니가 겨우 대답했다.

"이 산이 천태산이라오."

---

* 붕(崩) | 임금이나 그 일가가 세상을 떠나는 것을 높여 이르는 말.
* 참소(讒訴) | 남을 헐뜯어 죄가 있는 것처럼 꾸며 윗사람에게 고하여 바침.

"마고 선녀께서는 어디에 계십니까?"

할머니가 이마 위에 손을 얹고 잠자코 보다가 말했다.

"내 눈이 어두워 잘 보지 못하는데, 그대는 누구시오? 내가 바로 마고 할미라오."

상서가 반가워하며 급히 절하고 말했다.

"저는 낙양 북촌에 사는 이선입니다. 선녀께서는 저를 몰라보시는군요."

"인간 세상을 떠나 온 지 오래되었고, 이 몸이 늙고 망령이 들어 예전 일은 잘 기억하지 못한다오. 숙향 낭자는 평안하신가?"

상서는 품 안에서 부인의 편지를 꺼내어 건네주었다. 할머니가 받아보더니 그제서야 본색을 드러내고 반갑게 웃으며 말했다.

"우리 사이에 어찌 이만한 약을 아끼겠습니까? 다만 이 산에 있는 약은 산신령이 감동하지 않으면 얻지 못한답니다. 하오나 상서의 정성을 받아보니 지극하기 짝이 없군요. 그런데 버섯은 여기에도 없답니다. 제가 낭군을 위해 다른 곳에 가서 캐어 왔지요."

할머니가 광주리에서 벽이용 두 개를 내어 주며 말했다.

"낭군을 모시고 조용하게 말씀이라도 나누고 싶지만, 어제 숙향 낭자의 말씀을 들으니 태후께서 벌써 붕하셨다고 합니다. 그 일로 낭군의 가문이 모두 죄를 지어 위기에 처했다고 하니, 낭군께서는 어서 돌아가소서."

말을 마친 할머니는 문득 간 곳 없이 사라졌다. 상서는 공중을 향하여 무수히 사례하고 물가로 나왔다.

그곳에는 용자가 기다리고 있었다. 상서와 용자는 서로 반가워했다. 상서는 용자에게 서해 용왕의 개안주에 대해 물었다. 용자가 말했다.

"정렬 부인이 표진강에 와 계실 때 술잔에 담아 보냈다고 하니, 구슬은 벌써 댁으로 갔을 것입니다. 상서께서는 어서 이 조각배에 오르시어 잠시 눈을 감으소서."

 상서가 크게 기뻐하며 눈을 감자 순식간에 황성의 경화강에 다다랐다. 상
서가 기쁜 마음으로 육지로 내려와 용자에게 정성껏 사례하고 아쉬운 작별을
나누었다.

살아난 황태후

상서가 성안으로 오자 황태후께서 붕하신 지 벌써 이십여 일이 흘러 있었다. 황제께서는 상서가 왔다는 말을 들으시고 대궐로 들어오라고 명하셨다. 상서는 엎드려서 절을 한 뒤 태후의 시신 위에 옥지환을 내려 놓았다. 그러자 죽었던 살빛이 도로 살아났다. 태후의 몸을 환혼수로 씻자 비로소 숨을 내쉬었다. 황태후의 입에 개언초를 넣고 귀에는 벽이용을 넣었다. 그러자 황태후께서 회생하시어 말씀을 하셨다. 눈에 개안주를 넣으니 눈이 밝아지고 정신이 상쾌해지며 기운이 나는 듯했다. 황제께서는 크게 기뻐하시어 상서의 손을 잡고 칭찬하셨다. 그리고 그동안 고생했던 일과 약을 얻어 온 사연에 관해 물었다. 상서는 전후 사정을 일일이 아뢰었다. 황제께서 들으시고 크게 칭찬하셨다.

"옛날 진시황과 한무제 같은 천하의 황제도 얻지 못한 약인데 그대가 기꺼이 얻어 왔구려. 경의 정성과 충성은 고금에 으뜸이구려. 짐이 처음에 천하의 반을 나누어 주겠다고 약속했으니, 어찌 그 일을 어기겠는가?"

상서가 엎으려 아뢰었다.

"이 모든 것은 신의 공이 아니라 폐하의 넓으신 덕택에 하늘이 감동하신 것이옵니다. 어찌 신의 조그마한 정성으로 그와 같은 약들을 구해 왔겠습니까? 만일 폐하께서 명을 내리신 대로 천하의 반을 갖게 된다면, 신은 후세에 역적의 이름을 면치 못할 것입니다. 이 일은 신이 죽더라도 받들지 못하겠나이다."

황제께서 그의 충성을 아시고 상서에게 초왕 벼슬을 내리셨다. 황금 백만 냥과 채단* 일천 통도 내려 주셨다. 초왕은 은혜에 사례하고 집으로 돌아왔다. 집에서는 부모님과 장승상 내외, 김상서 내외와 친척들이 모두 반기며 그동안의 일을 칭찬하였다.

삼 일 후에 큰 잔치를 베풀어 경사를 축하했다. 황제께서도 이 일을 들으시고 궁궐에서 베푸는 풍류를 보내 주셨다. 정렬 부인이 초왕에게 말했다.

"상서께서 가신 후에 저 동백나무가 점점 더 씩씩해지더니, 요새는 가지가 무성해지기에 무사히 돌아오실 줄 알았습니다. 하루는 할머니께서 제 꿈에 나타나시더니 상서를 만나고 싶으면 따라오라고 하셨습니다. 제가 할머니를 따라 어떤 산속으로 들어가니 그곳에 상서가 계셨습니다. 상서께서는 나라 일을 말씀하시다가 안으로 들어가셨습니다. 할머니께서 말씀하시기를, 상서가 양왕의 딸과 혼인하지 않으려 하기에 전생에 둘째 부인이 되도록 마련했으니, 상서를 권하여 급히 성례하게 하라고 하셨습니다."

이선은 문득 봉래산에서 선관이 했던 말과 할머니 집에서 부인을 만났던 일이 생각났다. 이선은 정렬 부인에게 양왕의 딸이 전생에는 김상서의 딸이었고 자신과 부부였다고 들려주었다. 정렬 부인은 더욱 기이하게 여기면서 이선에게 양왕 딸과 혼례를 치르라고 재촉했다.

초왕은 부모님께 고하여 양왕 딸과 혼인하겠다고 했다. 양왕은 매우 기뻐하면서 길일을 가려 혼례를 치르도록 했다. 황제께서도 이 일을 들으시고 크게 기뻐하시어 이 날 친히 참석하셨다. 만조백관*과 열후*공경*이며 삼천 명의 시녀가 예의를 갖추어 참석하니 위엄 있고 화려한 모습은 말로 표현하기 어려울 지경이었다. 황제는 그 날 바로 정렬 부인에게 정렬 왕비를 봉해 주시고, 매향에게는 정절 왕비를 봉해 주셨다. 그 후로 두 사람은 황제의 은혜에 감사하면서 서로 사랑하고, 부모님을 극진히 섬기며 지냈다.

다시 천상으로

정렬 왕비는 이남 일녀를 두었다. 큰아들은 성장하여 병부상서가 되었고, 둘째 아들은 대장군이 되었으며, 딸은 태자의 부인이 되었다. 정절 왕비도 이남 일녀를 두었는데, 큰아들은 형주좌사가 되었고, 둘째 아들은 옥당*한림이 되었으며, 딸은 우승상 태의 며느리가 되었다.

이때 오원의 구천이라는 땅에 여진족의 군대가 난리를 일으켜 황제가 근심하셨다. 만조백관이 아뢰었다.

"대장군 이홍을 보내여 적병을 치게 하소서."

황제께서는 즉시 이홍(정렬 왕비 숙향과 초왕 이선의 둘째 아들)을 불러들이라고 명하셨다. 이홍이 황제께 하직 인사를 올리고 부모님께도 인사를 드린 뒤 집에서 나와 바로 떠나 구천 땅에 다다랐다. 그곳에서 한 번 북소리를 일으켜 백만 적병의 항복을 받았다. 그 중 어떤 늙은 도적이 나와서 대적하기에 죽이려고 했다. 그러자 도적을 결박한 끈이 저절로 풀어졌다. 군사들이 크게 놀라 활을 쏘았지만 맞지 않았다. 칼로 목을 쳤으나 베어지지도 않았다. 도독*이 이상하게 여겨 즉시 항복을 받은 뒤 잡아왔다.

---

* 채단(綵緞) | 온갖 비단을 통틀어 이르는 말.
* 만조백관(滿朝百官) | 조정의 모든 벼슬아치.
* 열후(列侯) | 제후.
* 공경(公卿) | 삼공(三公)과 구경(九卿)을 아울러 이르는 말. 삼공은 최고 관직에 있으면서 천자를 보좌하던 세 벼슬을, 구경은 삼정승에 다음 가는 아홉 개의 높은 관직을 말한다.
* 옥당(玉堂) | 삼사(三司) 중 궁중의 경서, 문서 따위를 관리하고 임금의 자문에 응하는 일을 맡아보던 관아. 홍문관.
* 도독(都督) | 고을을 다스리는 으뜸 관직.

하루는 초왕이 사람들을 모아 잔치를 베풀고 씨름판을 벌이도록 자리를 마련했다. 그 중 한 사람이 있었는데 비록 늙었지만 아무도 그를 당할 자가 없었다. 초왕은 그를 칭찬했다.

정렬 왕비가 누각에 올라가 구경하다가 그 사람을 자세히 살펴보게 되었다. 그 사람은 예전에 반야산에서 울던 자신을 업어다 준 도적과 비슷해 보였다. 정렬 왕비가 그 사람을 불러 전후 사정을 물어 보았다. 그 사람이 대답했다.

"그때 난리중에 어떤 아이 하나가 부모를 잃고서 바위틈에 앉아 울고 있는 것을 보았습니다. 아이의 기상을 보니 장래에 귀하게 될 것 같았습니다. 저는 아이를 업어다가 유곡역 입구에 두고 갔습니다."

부인이 그 말을 초왕에게 고하니, 초왕이 듣고 크게 놀라 그때 일을 말하면서 큰 상을 주었다. 도독에게 분부하여 그 사람이 본국에 돌아가도록 주선해 주라고 명했다. 그러나 그 사람은 고향에 돌아가는 것을 원하지 않았다. 초왕은 그 사연을 황제께 보고한 뒤, 그에게 서량 태수라는 벼슬을 내려 주었다.

세월은 물처럼 흘러가 초왕의 부모님과 김상서 부부, 장승상 부부가 모두 별세하였다.

초왕은 지극히 정성스럽게 장례를 지냈다.

세월이 흘러 초왕 부부의 나이도 칠십이 되었다.

칠월 보름날, 초왕 부부는 자손들을 데리고 잔치를 하였다. 그때 갑자기 공중에서 푸른 옷을 입은 사람이 내려오더니 초왕의 손을 잡고 말했다.

"나는 여동빈이라오. 지금 옥황상제의 명을 받들고 그대를 데려가려고 왔으니 함께 가세나."

초왕이 말했다.

"인간 된 몸으로 어찌 하늘에 오를 수 있겠습니까?"

여동빈이 말했다.

"전에 구로선이 주었던 환약을 어디에 두었는가?"

초왕이 그제서야 깨닫고 환약을 꺼내어 정렬 왕비와 함께 한 개씩 먹었다. 그리고 자손들에게 한 마디 말도 하지 못한 채 하늘로 올라갔다.

온 가족은 놀라움과 당황 속에서 깊은 슬픔에 빠졌다. 집안은 온통 울음바다가 되었다.

황제께서도 이 소식을 들으시고 슬퍼하시며 위로의 뜻을 전하셨다. 그리고 이선의 첫째 아들을 초왕으로 봉해 주셨다.

그 후로 이선의 집안은 대를 이어 오래도록 태평성대를 이루며 행복하게 살았다고 한다.

옛날 사람들은 어떻게 살며 사랑하며 이야기했을까

『숙향전』은 17세기 소녀의 성장과 사랑, 삶에 관한 이야기입니다. 숙향은 어린 시절 전쟁 통에 부모님과 헤어졌습니다. 간신히 살아남았지만 힘들게 지냈습니다. 어려운 상황에서도 성격이 나빠지지 않았으며 원망을 배운 적도 없습니다. 죽을 것 같은 삶 속에서도 자기를 지킬 수 있었던 것은 숙향이 본래 의지가 강했기 때문이 아닙니다. 그 곁에는 언제나 따뜻한 이웃, 고마운 새와 강아지, 강의 신, 땅의 신령, 별의 전령, 선녀들이 있었습니다. 해님과 달님도 모르는 사이에 숙향의 편이 되었지요. 그게 누군지 알 수 없어서 불안했던 것이 아니라 오히려 마음이 따뜻했습니다. 이 세상에는 누구인지 알 수는 없지만, 대가 없이 남을 돌보고 사랑해 주는 따뜻한 누군가가 살고 있습니다. 그들과 만날 수도, 만나지 못할 수도 있습니다. 만난다 해도 알아보지 못할 수도 있습니다. 이 이야기는 그 때문에 슬픈 것이 아니라 오히려 위안이 된다고 말합니다. 그리고 알지 못하는 사이에 우리 역시 고통 받는 사람에게 다정한 목소리로 왜 그런지 묻고, 미소 지으며 손잡아 줄 수 있지 않을까 생각하게 합니다.

춥고 배고프고 헐벗어 힘들었던 숙향에게도 사랑이 찾아옵니다. 그것은 꿈으로 다가와 현실이 되었습니다. 꿈에서 전생의 인연을 만난 숙향은, 멋진 청년과 눈길이 마주치자 부끄러운 마음에 손에 든 복숭아를 놓쳤습니다. 그 순간 꿈에서 깨어나 달콤한 꿈의 추억에 잠깁니다. 고운 실로 꿈의 사연을 수놓아 만남을 현실로 이끌어 냈지요. 꿈은 마음이 되고, 표현된 마음은 제 스스로 인연을 찾아 시간의 줄을 곱게 엮어 현실을 만들어 갔습니다. 이 모든 과정에는 운명적인 사랑을 믿었던 시대의 꿈과 소망이 담겨 있습니다.

숙향은 고난 속에서 삶을 이해하고 자기가 가야 할 길을 배웠습니다. 아버지는 전쟁중에 숙향을 버렸고, 몰라보게 자란 뒤에는 알아보지 못해 매질까지 했습니다. 사랑하는 어머니도 딸의 고통을 외면했습니다. 사랑하는 남자의 아버지는 그를 사랑한다는 이유만으로 숙향을 가두고 꾸짖었습니다. 아무것도 모르는 숙향은 호된 매질 속에서도 현실을 견디며 삶을 사랑했습니다. 자기 삶에 책임지는 것도 배웠습니다. 그건 누가 가르쳐 준 것이 아닙니다. 누구라도 그렇게 해야 한다는 것이 이 시대 사람들의 생각입니다.

오래전 이야기여서 요즘 관점에서 받아들이기 어려운 점도 있습니다. 예컨대 이선은 숙향을 사랑하면서 어떻게 또 매향과 혼인할 수 있었을까요? 전생의 인연이라는 이유만으로 사랑 없이 혼인하는 것은 매향에게도 실례되는 것은 아니었을까요? 그러나 이 이야기는 17세기 사람의 생각과 정서를 바탕으로 씌어진 것입니다. 이 시대에 혼인이란 선택이 아니라 운명 같은 것이었지요. 혼인한 뒤에도 사랑을 시작할 수 있다고 생각했던 시대의 이야기입니다. 전생을 믿고 인연에 의지하던 시대의 이야기인 것입니다.

이 이야기는 숙향이 나고 자라며 겪는 알 수 없는 고난, 인연과 상처, 고독과 위안, 사랑과 혼인, 만남과 이별, 은혜와 보답, 죽음과 그 후의 삶에 관한 모든 여정을 풀어가고 있습니다. 그 내용은 옛날 사람들이 알고 싶어했던 삶의 비밀, 하지만 알고 보면 가장 평범한 일상에 관한 것입니다. 이 시대의 사람들이 삶의 여러 모습에 관해 질문하거나 이 물음에 대답하는 방식은 요즘 사람들과 매우 다릅니다. 하지만 이야기를 읽다 보면 그 시대 사람들의 생각과 사는 법을 이해하게 됩니다. 이야기는 시대를 뛰어넘어 현재와 과거가 대화할 수 있게 하는 힘을 지닌 것입니다.

사랑

『숙향전』이 아름다운 이유는 무엇보다 그 시대 사람들의 아름답고 기억할 만한 꿈 같은 사랑을 담고 있기 때문입니다. 숙향과 이선은 꿈에 본 전생의 연인을 이 세상에서 다시 만나 진실한 사랑을 이어갑니다. 전생을 기억할 수는 없었지만 맨 처음 눈길이 마주쳤을 때부터 왠지 친숙한 듯 마음이 끌렸습니다. 그래서 그 사람이 눈멀고 귀먹어 자신을 알아볼 수 없고, 팔과 다리가 저리고 아파 손잡을 수 없을지라도, 꼭 만나서 사랑을 이어가야 한다고 생각했습니다. 그 시대 사람들은 단 한 번의 눈빛만으로도 서로의 진심을 헤아릴 수 있고, 그것을 영원히 지켜야 한다고 생각했습니다. 그 믿음을 이루기 위해 온갖 고난을 견디고, 더 큰 부귀와 영화에도 고개를 돌렸던 것입니다.

환상

사람은 왜 태어날까요? 왜 우리의 인생에는 고통이 끼어들어 행복을 방해할까요? 그토록 사랑했던 사람들은 왜 단 한 번의 오해로도 헤어지며 굳은 신뢰를 무너뜨리는 것일까요?『숙향전』은 이처럼 소박하지만 근본적인 질문들에 대해 이야기로 대답합니다. 눈으로 볼 수 없지만 마음으로 알 수 있는 이야기는 환상적인 형식으로 다가옵니다. 이 이야기는 인간의 출생에 관해 환상의 형식을 빌려 설득합니다. 가령, 엄마와 아빠가 만나서 혼인한다고 해서 아기가 태어나는 것은 아닙니다. 엄마와 아빠는 진심으로 사랑스런 아기를 원해야 하고, 정성스런 마음으로 온 우주에 기도해야 합니다. 그 소망이 머나먼 우주의 어느 별에 가 닿아 진심으로 울리게 되면, 소원은 이루어집니다. 온 우주의 응답으로 세상에서 제일 예쁜 아기, 향기롭고 씻은 듯이 맑은 아기를 선녀님이 받아서 태어나게 도와주는 것입니다. 옛날 사람들은 그렇게 생각하고 믿었습니다. 이야기 속에서만이 아닙니다. 실제의 생활 속에서도 그렇게 했습니다.

　그렇다면 고통스런 일상에 대해서는 어떻게 설명해야 할까요? 왜 착한 사람에게 아픔이 오고 재난이 닥치는 것일까요? 이치에 맞지 않는 일을 어떻게 받아들여야 할까요? 옛사람들은 그것이 궁금했습니다. 이야기를 만드는 사람들은 그것을 '운명'으로 해석했습니다. 어려움을 견디고 이겨낸 사람들에겐 '행복'이라는 아름다운 선물을 준다고 믿었습니다. 착하게 살면서 어려움을 잘 견뎌야만 행복할 수 있다고 생각했습니다. 그 믿음으로 이야기를 엮고 서로를 격려했던 것입니다. 운명이 무엇인지 알고 싶어하는 사람들에게 환상의 공간을 만들어 응답했던 것입니다. 이 이야기에 나오는 천상 세계나 전생과 죽음의 세계, 별들의 세계, 선녀와 선관의 선계는 모두 옛사람이 만들어 낸 환상의 공간입니다.

은혜

『숙향전』은 우리가 지켜야 할 아름다운 가치에 대해 이야기합니다. 인간다 운 가치는 은혜를 아는 데서 시작한다고 말합니다. 고맙다면 마음으로 표현 해야 합니다. 인사를 하고 손을 잡고, 제일 예쁜 꽃을 바치며, 향기로운 과일 을 대접합니다. 숙향은 은혜를 베풀어 준 고마운 사람들에게 그렇게 했습니 다. 하나도 빼놓지 않았습니다. 키워 주신 양부모님, 낳아 주신 친부모님, 어 려울 때 돌보아 주신 마고 할머니, 화재에서 구해 주신 노전의 할아버지, 강 물에서 구해 주신 용왕님과 선녀님, 홀로 있을 때 말벗이 되어 준 청삽사리, 피난길에 태워 준 사슴과 원숭이에게도 고마움의 글을 정성껏 지어 읽고, 값 진 음식을 손수 지어 바쳤습니다. 아주 나이가 든 뒤에는 피난길에 업어다 준 도적에게도 은혜를 갚았습니다. 잊지 않고 그 고마움을 기억하는 마음이 아 름답습니다. 옛사람들은 그 마음을 사랑하고 아꼈습니다. 그래서 사람들은 숙향이 아름답고 착하다고 여기며 그 이야기를 사랑했습니다.

인연

이 세상의 모든 것은 아주 사소한 것일지라도 서로 연결되어 있습니다. 숙향이 아직 태어나기 전에 그 아버지는 가난했지만 성실한 선비였습니다. 그는 물가에서 어부들에게 잡혀 죽을 뻔한 작은 거북이를 구해 줍니다. 애써 준비한 맛난 소풍 음식을 어부에게 주고 거북이를 살려달라고 부탁합니다. 거북이는 고마운 마음에 자꾸만 뒤돌아봅니다. 어느 날 그는 다리를 건너다 거센 물살에 휩쓸려 다리가 무너지는 바람에 위기에 처합니다. 모두 강 아래로 떨어질 때, 그는 검은 판자 위에 올라탈 수 있었습니다. 예전의 그 거북이가 자라서 구해 준 것입니다. 거북이는 고마움의 표시로 고운 진주 두 개를 놓고 갑니다. 그 진주 덕분에 가난한 청년은 아리따운 신부를 만나 혼인을 하고 숙향이라는 예쁜 딸도 낳아 진주 반지를 물려줍니다. 하지만 그 진주는 숙향이 전생부터 지녔던 반지였습니다. 어떤 것이 먼저 일어났는지 알 수 없다고 해도, 어쨌든 그 진주는 숙향과 아버지가 살면서 꼭 만나야 할 좋은 사람을 이어주는 역할을 했습니다. 배고픈 사람을 먹여 주고 아픈 사람도 낫게 하는 신비한 힘을 지녀, 이 세상의 고통을 덜어 주는 데 기여했습니다. 거북이를 살려준 작은 일이 어마어마하게 크고 긴 인연이 되었습니다.

예컨대 여러분이 지금 고운 눈길 위에 맨 처음 발자국을 찍으며 새벽길을 산책하다가 발 밑에서 반짝거리는 하얗고 작은 돌멩이를 줍게 된다고 상상해 봅시다. 왠지 마음에 들어 주머니 속에 넣고 길을 가다, 시린 손을 데우기 위해 주머니에 손을 넣는 순간, 돌멩이는 뚫린 주머니 사이로 떨어져 저 멀리 굴러갑니다. 눈 속에서 하얀 그 돌멩이는 다시 찾지 못합니다. 그러던 어느 날 여러분의 친구가 찾아와 어쩐지 너에게 어울릴 것 같다며 작고 예쁜 그 돌멩이를 꺼내어 선물합니다. 여러분은 반갑고 신기한 마음이 들겠지요? 그런 사소한 일로도 사람들은 서로 연결되어 친밀감을 느낍니다. 사소한 인연이 쌓여 시간의 울타리를 만들고 같은 경험을 지닌 사람이 됩니다. 그 시간의 울타리 안에서 따뜻한 마음을 나눈 사람들은 오래도록 잊히지 않는 추억을 함께 지니는 것입니다.

　여러분이 읽은 『숙향전』은 이화여자대학교 한국문화연구원이 편찬한 한글본 텍스트(『한국고대소설총서』 1권, 통문관, 1958)를 저본으로 한 것입니다. 처음에 원고를 의뢰받았을 때, 원본에 담긴 단어만으로 엮어 보려고 했습니다만, 세월 속에서 변한 언어의 흐름을 받아들일 수밖에 없었습니다. 그래서 본문에 적힌 '파랑새'라든가 '행복'이라는 단어는 원래의 소설에서는 사용되지 않은 단어임을 밝힙니다. 아무쪼록 여러분의 귀중한 시간에 좋은 기억으로 남을 수 있는 책읽기가 되었기를 바랍니다.